余国祯烈士 100 周年诞辰纪念
（1907−2007）

烈士

1907——1933

余国祯传

杜先福 著

山西出版传媒集团 北岳文艺出版社
BEIYUE LITERATURE & ART PUBLISHING HOUSE
·太原·

图书在版编目（CIP）数据

烈士余国祯传 / 杜先福著. -- 太原 : 北岳文艺出版社, 2024. 9. -- ISBN 978-7-5378-6942-3

Ⅰ. I25

中国国家版本馆 CIP 数据核字第 20243UJ544 号

烈士余国祯传

LIESHI YU GUOZHEN ZHUAN

杜先福 / 著

//

出品人
郭文礼

选题策划
韩玉峰

责任编辑
韩玉峰
武慧敏

书籍设计
百悦兰棠

印装监制
郭　勇

出版发行：山西出版传媒集团 · 北岳文艺出版社
地址：山西省太原市并州南路 57 号　邮编：030012
电话：0351-5628696（发行部）　0351-5628688（总编室）
传真：0351-5628680
经销商：新华书店
印刷装订：廊坊市海涛印刷有限公司

开本：880 mm × 1230 mm　1/32
字数：116 千字
印张：6.75
版次：2024 年 9 月第 1 版
印次：2024 年 9 月河北第 1 次印刷
书号：ISBN 978-7-5378-6942-3
定价：68.00 元

目录

我被捕了

今天，我被捕了。

今天是 1933 年 3 月 4 日，我在都鹤楼养肺医院被捕了。

我不知道为什么会被捕。我想，这里边一定出了纰漏，要不怎么会被捕呢？我说不清楚这是为什么。我前往都鹤楼养肺医院的时候是很谨慎的。你们应该懂得，做地下工作的人警惕性都很高。养肺医院人来人往，看病的，来医院探望病人的还有其他各种各样的人，我只是其中一员，我怎么会被捕呢？我想不明白，真的想不明白。

我来都鹤楼的时候，是非常小心的。每一次来这里都是这样，小心又小心，谨慎又谨慎。我会四面观察，两眼总是扫视着街巷的每一个角落，也会把眼光聚焦在每一个可疑的人身上。

总之，我没有看见，也没有感受到什么异常和危险。

但是想不到的是，我被捕啦！这是我第二次被捕。这一次被捕真的让我很不理解。

不过，在我的心里，早已做好了被捕的准备，因为革命随时都有可能牺牲。我参加革命的这些年，几乎每天都会听到有同志被捕或者牺牲的消息。所以被捕并不是什么奇怪的事情，牺牲也不是奇怪的事情。只是不明白，我怎么会被捕？

都鹤楼是一个秘密的联络点，我的被捕的确不可理解。

好吧！我就来介绍我是怎么被捕的。

我去川东北巡视检查。有消息说，成都出了一些问题，具体是什么问题还不清楚。往都鹤楼去的时候，我仔细地观察，一切都是正常的，没有丝毫异样。当我走进都鹤楼以后，很快就有一些军警冲了进来，这些人凶神恶煞。他们怕我身上有枪，先是大喊大叫："不准动，不准动。"然后就蜂拥而上。有的人抓我头发，有的人抓我手臂，还有的人勒我脖子。他们有七八个人吧。我有过瞬间的反抗，但是没有用。他们有的用拳头击打我的面部，有的用枪托击打我的头部，我顿时血流满面；还有的在我的屁股、腿上踢打，瞬间就把我控制住啦。然后他们就搜身，几乎要扒光我的衣服！

当然啦，他们自然是什么都搜不出来。再然后他们就搜查我的住房，也搜查了整个都鹤楼，自然也是什么都没搜出来。

我问他们为什么抓我。当然，不会有人回答我，也不会放过我。我最终被押送到监狱里来啦。

就这样，我坐牢了。从这天开始，我可能会在监狱里待很长的时间，两三年；也许不会很长，两三天也说不准。无论是两三年，还是两三天，结局都可能一样：要么他们放了我，要么他们杀了我。

无论结果怎样，我都做好了牺牲的思想准备，我必须面对一切。最要面对的是严刑拷打，而且是不断地严刑拷打。

我得叙述叙述监狱的状况。黑暗的屋子、简陋的摆设，没有什么东西是可以描写的。光光的四壁、杂乱的稻草，这就是监狱。说实在的，监狱就是这样，非常简单，简单得无法形容。

我倒不是需要什么讲究，当然也不奢望有什么讲究。我只是觉得这个监狱确实太简单，简单到让我想描述描述都不可能。

是的，这就是我所在的监狱。

第一次提审

1933年3月6日

今天是军警第一次提审我，他们还比较客气。主审我的军警官员，胖胖的，个子不是很高，一副皮笑肉不笑的样子。军装好像有点儿不合身，但是还算周正。几个跟班的军警，每个人都是冷冷的面孔，没有任何一点笑容。这些人看上去年龄比我大一些，也许是三十来岁，或者是四十来岁。总之，他们的年龄都比我大。

审讯还没有开始，一个军警给我端来一杯茶水。那茶水是刚刚沏好的，还冒着腾腾热气。军警把茶杯端到我的手上，没有看我，却说："要好好交代哟！"听了他这句话，我断定这就是要审讯我啦。

那个准备审讯我的官员，在桌子旁边站了一会儿，然后就坐在桌子背后，目不转睛地看着我，他似乎一直在寻找契机。一只手垂在桌子后边，一只手则放在桌面上。除去拇指，其他四根手指不停地在桌面上敲击。从他敲击桌面的动作，我猜想他在寻找审讯我的突破口。

不用说他是一个审讯人的老手。他肯定有很多的审讯方法，也肯定审讯了很多的人。被审讯的人中不乏我们的同志，还有不少人，被他审讯以后便从我们的同志变成了我们的敌人。当然，这就是我们所称的叛徒。

那个军官审视我的时候，我也没有停止思考。

我想，今天的审讯，会是什么样呢？他们想从我嘴里得到什么呢？我表面上若无其事，但是心里却有一个信念：绝对不会告诉他们任何所需要的东西。

同时，我还要有所准备——如果他们要严刑拷打我，我一定要咬紧牙关，不吐露任何一种真实的情况。这是我的底线，我必须这样做。

说实在的，严刑拷打，对于我来说，已经不是什么稀罕的事情啦。上一次在自贡，我就领教过酷刑的滋味。这一次，我对酷刑不会再有什么感觉。这一点我可以毫不犹豫地说，没什么，酷刑就酷刑吧。

“余国祯！”就在我思考的时候，桌子后面发出一声沉闷的叫喊。我没有在意那声叫喊，随着那声叫喊，我把头转过去，想看看我的背后，也就是进门的方向，有谁来啦。

但是没有人。

我又把眼睛看向那个军官。他问我：“你看什么？”

我说：“你不是在叫余国祯吗？我看看谁是余国祯。”

那军官说：“我叫的就是你，你就叫余国祯。”

我说：“我不叫余国祯。”

他说：“你就是余国祯。”

我大声说：“我不叫余国祯！”

那军官拍着桌子说：“那好吧！你自己报名吧，你叫什么名字，家住哪儿，多大年龄。”

我说：“我有必要告诉你这些吗？你凭什么需要知道这些呢？”

他说：“我是在审讯你。”

我说：“你又凭什么审讯我呢？”

他说：“你是坏人，你就该接受审讯。”

我说：“我犯了什么法？我有什么罪？凭什么要接受审讯？”

他说：“你不要给我油嘴滑舌啦！现在问你，你叫什么名字？”

我说：“我确实没有必要告诉你。”

那军官说：“你知道你坐在这儿会是什么结果吗？”

我说：“我不知道，我也不想知道。”

那军官说："好吧！那我就告诉你吧，你的结果就是，我要收拾你，而且是现在，马上！"

我冷冷地笑笑，说："随你便。"

那军官重重地敲击着桌面，很久没有说话。当然我也没有说话，我在心里想要怎么应对他。我知道这种沉默绝不会持续很久，要么是爆发，要么是继续讯问。

过了很久——其实所谓的过了很久，也不是太久，大概就是十多分钟，那军官好像想起了什么，从桌子后边走了出来。然后一步一步地走到我的身边。因为房间不大，所谓的一步一步，顶多也就是七八步吧。那军官站在我的面前，两眼死死地盯着我。

我没有把眼睛闭上，用眼睛盯着他。

我想，他要做什么，他会怎么样呢，我不在乎他要怎么样。我想，你有什么花招就使出来吧，我倒要看看你到底有什么板眼。

那军官看了我很久。所谓的很久，在那个时候，可能有半个世纪那么久，也许比半个世纪还要久。总之，我感觉是很久很久。

我以为军官会有什么花样或是什么板眼。出乎我的意料，那军官并没什么了不起的板眼。他看了我很久，然后就扭过头去，把一只手——应该是左手，对，是左手——左手往后一挥，说了一声“带走”，几个军警马上冲我走来，叫我走了。我心想，这就是叫我去受酷刑哪。

我很从容，把杯子里的茶水喝了一口，示意一个军警拿走我的茶杯，我还善意地向他笑了笑。

那军警冷着脸，像木头一样。

我正要走出门去，迎面进来一个人，开口就叫我：“老余，老余。”我狠狠地皱了一下眉头，转过头去看着那个军官。我说长官，你姓余吗？进门来的那个家伙对我说，老余，我叫的是你。

我冷冷地看着那人，表示不认识。所以也没有必要和他搭话。

那家伙继续对我说：“老余，你不认识我啦？我是苟忠，苟忠呀。”我说：“我实在认不出你是谁，也不知道你是狗种还是猪种，抑或是别的什么驴种、牛种或是马种，总之我不认识你。”

那家伙突然给我跪下，抱着我的大腿，哭丧着说：“老余你就认了吧，认了吧，老余。那家伙说，你认了，我也好脱手。我家里有父母，还有年轻的妻子和一个两岁的孩子，我是没有办法呀，老余，你就认了吧。”

我不屑于和这样的家伙搭话，努力地挣脱他的双手，准备往外走。但是那家伙再一次紧紧地抱住我的双腿，哭丧着说：“老余，老余呀，你救救我吧，救救我的家人吧！”

我实在无心和这样的家伙纠缠，猛地挣脱开，继续往门外走。可能是那军官有什么示意，于是有两个军警把我拉住，然后我就回到了刚才的座位上。

我原以为今天的审讯就这样结束了。实际上，今天的审讯才刚刚开始。

审讯继续。

当然啦，我仍然是什么也没有说。我也不想和他们说。其实啊，我能说什么呢，那是绝对无话可说的。

那军官问了我很多话，问我的姓名，问我的年龄，问我的家庭地址，问我都在干什么，我一概保持沉默。那军官很有耐性，他问来问去，没有问出任何名堂，他就自己开始讲。他说："我知道你叫余国祯，我还知道你化名杨建寒，也曾化名刘知己。你胆子可真大呀！竟敢打进我们刘司令的军部，充当内奸。你放走了共产党的高官，你自己也是共产党的高官。你说，你是共产党的高官吗？"

那军官述说了一大通我的过去，我装作没有听见。我可以明白地说，那军官所说的，有的是事实，有的不是事实。至于我做了什么，当然只有我自己最清楚。但是我不会告诉他我到底做了什么！

那军官自顾自说了很多。因为我没说一句话，他好像觉得自己说着乏味啦，所以就停下来，用手指敲着桌面，冷冷地看着我，好像要从我的面部表情，看出我内心有多少承认他刚才所说的那些东西，看出我心里还有什么他想知道的东西。

很遗憾，我可能令他失望了。因为我自己感觉到我的面部表情非常平静，平静得近乎冷淡甚或是麻木。我可以断定，他要从我的面部表情看出什么名堂，那是白日做梦，痴心妄想！

那军官没有从我的面部表情看出什么名堂，于是就说："余国祯，我可以这样告诉你，你以为你不开口，我就拿你没有办法啦！我有的是办法。别说是你余国祯，很多很多人，在我这里都得趴下低头。哪怕你是块石头，甚至是一块钢板，我也要把你打捏成面团。到时候看看是你厉害，还是我厉害。我们就走着瞧吧。"

当然啦！我还是那样冷冷的面孔。可以说我对他的恐吓，毫不在意。我坚定一个信念：坚决不说任何他们想要的东西，这是我的底线。

这样的审讯持续了三天，每天都是一样的开始，一样的结束，毫无趣味。我知道，他们这是要和我打心理战，这就看谁的心理更强大。我估计，这样的审讯不会持续太久啦，或许是明天，或许是后天，酷刑肯定会来临。我准备着，冷冷地准备着！

文强落入魔掌

1933年3月9日

我被捕已经第六天了。实实在在地说，我不想这样无所事事地待在这黑暗、狭窄的牢房里。我很想出去，我有我的事情要做。革命正处于低潮，党需要我，革命工作需要我。我真的不愿意无所事事地在这黑暗憋屈的牢房里待着，这不仅是在浪费时间，更是在浪费我宝贵的生命。

有可能的话，我一定要寻求机会逃出去。这可能很危险，但是只要有机会，我一定不会放弃。

白天在审讯室候审，那种候审非常没有趣味。晚上回到牢房，黑暗阴森，狭窄潮湿，就像无底的、毫无光亮的深渊。人在这样黑暗的深渊里，不知道哪里是边。这几天，牢房里只有我一个人。他们可能是要用这种孤独和寂寞来摧毁我的意志。这也是他们的一种心理战术，让我忍受不住孤独，然后就会叫我开口。但是我偏不开口，绝不!

黑暗中，我的脑子从没有停止过思考。我想了很多很多，对啦，他们不是说我打进刘湘司令部，放走了共产党的高级官员吗？不错，我是放走了共产党的高级官员。我认为这是我做的最有意义的一件事情。现在回想起来，我感到很自豪。

被营救的共产党高级官员名叫文强，1907 年出生，湖南长沙人，1925 年加入共青团，并赴大革命策源地广州，考入黄埔军校第四期政治科，在黄埔军校转为共产党员。

北伐战争中，不到十九岁的文强被选入宣传大队进行战地宣传鼓动工作。不久被中共组织派遣，随朱德入川，到驻四川万县的军阀杨森部开展革命工作，在二十军任政治部代理组织科长，同时担任以朱德为书记的中共地下支部宣传委员。杨森仿照黄埔军校的模式办起了二十军军事政治学校（被誉为川东小黄埔），文强担任政治教官和入伍生第一大队大队长。

1927 年春，国共两党走向分裂。“天下未乱蜀先乱。”在上海“四一二”反革命政变前夕，即 1927 年 3 月 31 日，重庆提前发生了军阀刘湘的国民革命军第二十一军屠杀共产党人和国民党左派人士的“三三一”惨案。杨森也准备实行“清党”。朱德已于此前赴武汉汇报工作。文强等暴露了身份的共产党人闻讯后被迫连夜逃离。

文强随后参加了南昌起义，南下潮汕，兵败后经香港逃到上海，按中央统一安排，疏散回乡待命。

次年春，不甘在乡间等待革命高潮到来的文强，毅然二次入川，在成都通过黄埔军校同期同学、时任中共川西特委兵委书记的廖宗泽，重新接上了中共组织关系，成为川西特委兵运干部。

1929年底，文强被地下省委派往川东农民革命领袖李家俊领导的万源起义军，任工农红军四川第一路党代表兼城口、万源、宣汉、达县四县行动委员会书记，二十二岁的文强成为中共在四川第一支红军部队中的政治领导人。

1930年，四川一路红军在军阀重兵围剿下失败，文强与李家俊分兵突围。不久，文强千辛万苦回到中共四川省委所在地重庆，等待着他的是笼罩全城的白色恐怖和晴天霹雳般的噩耗。

当时军阀刘湘的二十一军盘踞重庆，为对付共产党人，专门组建了一个由共产党或共青团的叛徒组成的特务委员会。由于叛徒们的疯狂活动，中共四川省委书记刘愿庵、军委书记李鸣珂、省委秘书长邹进贤、宣传部部长程攸生均遭逮捕，壮烈牺牲，损失极为惨重。

这时，只有新任省委书记程子健等几个人在重庆苦撑危局。但因叛徒活动猖獗，程子健已到了几乎不能上街露面的地步。

文强的到来，使程子健大喜过望，他先安排文强代表省委去川南巡视，清理各地被破坏得七零八落的基层组织。返回重庆后，文强担任了省委常委、代理军委书记。

1931 年 3 月 13 日，刘湘的二十一军特务委员会侦缉队突袭设于重庆城区寮叶巷内的中共四川省委交通机关，逮捕了负责“跑交通”的许仁智等三人，收缴了不少重要文件和联络通讯录。许仁智以及随后被捕的饶耿之（曾任中共四川省行动委员会组织部部长、中共川西特委巡视员、共青团四川省委组织部部长、宣传部部长）被杀害。四川省委交通机关遭受严重破坏，省委与各地基层组织的联络几乎中断，以致省委难以在重庆开展工作，被迫迁往成都。

当时因交通、通讯不便，为能统一领导和协调全川革命斗争，省委驻重庆时，在成都设立川西特委。驻成都时，则在重庆设立川东特委。

四川省委被迫迁往成都时，文强临危受命，被留在重庆组建川东特委并任书记。

在重庆一片腥风血雨、雾塞苍天的环境里，新组建的中共川东特委举步维艰。文强的主要任务是开展军事斗争。而干部特别是军事干部的缺乏，成了文强面临的第一大难题。

正当此时，一个黄埔军校同期同学傅荣来到了重庆。傅荣与文强是同乡、同学，原是国民党左派，在广州“清党”中被捕，坐过牢，回到湖南老家。后得知文强在四川，因而前来投奔文强。文强闻讯大喜，打算动员这位黄埔同学参加川东特委的军事工作。

这天，文强得到交通员送来的信件，知道傅荣已抵达重庆，在大梁子一家旅馆住下，他不顾正下着的暴雨，冒雨匆匆赶去。

不料，文强却因此落入特务魔掌。

文强脱险

关于我怎样打进刘湘的二十一军特务委员会，应做一个简单的交代。刘湘组建的特务委员会侦缉队，大部分是共产党或共青团的叛徒，这些被任命为侦缉队员的，共计四十余人。这些人不仅熟悉共产党的活动规律，而且认识共产党的不少领导干部。特务委员会成立以后，由于叛徒们的疯狂活动，在很短的时间里，省委领导就遭到逮捕杀害，党的联络站遭到破坏，损失极为惨重。

鉴于二十一军特务委员会的猖獗，为了掌握特务委员会的活动情况，川东特委秘书长郑佑之深谋远虑，决定对这个危害极大的特务机构采取“分化瓦解”和“打进去拉出来”的策略。

1931 年 6 月，我受组织派遣，化名杨建寒，打入了刘湘二十一军特务委员会。在川东特委秘书长郑佑之领导下，把一批不愿或不敢继续作恶、愿意“回头”的叛徒联络起来，以“做事讲良心”为号召，在这个叛徒窝中建立起了为共产党效力的秘密组织“良心会”。

我的任务是，一方面组织传送情报、输送枪支弹药，另一方面安排“良心会”的人制裁叛徒，暗中保护被捕监禁的同志。

文强被捕的那一天，我正好在特务委员会侦缉队里闲聊，一个叫沈天泽的家伙浑身湿漉漉地冲进屋子里，兴奋得不得了。

他大喊大叫：“我抓到一条大鱼，绝对是一条大鱼！”我顿时就明白，这家伙肯定又逮捕了我们的同志。我真恨不得一拳把他打趴下！但是可以想象，在那种时候，我不可能出手捶打他，只能把愤恨埋藏在心里。我问他，你高兴什么呀？抓到什么样的大鱼啦？其他的人也说，别吹牛啦，别吹牛啦，什么大鱼不大鱼，不就是想领奖赏吗？那家伙说，奖赏那是肯定的，因为我抓住的绝对是一条大鱼。

沈天泽说：“当年我在杨森的部队，听过他讲课，他是跟朱德一伙儿的。你想想，朱德多么大的官呀！跟朱德是一伙儿的，这个人的官能小吗？”

我听沈天泽这家伙一说，心里不觉咯噔一下。曾经和朱德在杨森的部队共事，据我所知，只有文强，难道沈天泽抓住了文强？我心里顿时着急了，但是不动声色，继续问沈天泽，你是怎么抓住的？沈天泽得意忘形，滔滔不绝。

他说：“今天下暴雨那阵子，我正往回赶，暴雨倾盆而下，我没法赶路，就在街边停下来躲雨。你说怪不怪，就在这个时候，一条大鱼从我身边匆匆而过。我一看，妈呀，这不是当初我们的大队长也是政治教员文强吗？就是这个文强，介绍我加入共青团，当初我就知道他是共产党的大干部。他和朱德是一伙儿的，朱德跑了，文强也跑了，现在他竟然出现在重庆，出现在我面前，我简直激动得心都跳出来了。这么一条大鱼，我怎么能放过呢？”

沈天泽说得口水四溅，得意忘形。我真恨不得拳脚相加，打得他满地找牙！我克制了又克制，忍下心中的怒火，心想，总有一天，我要除掉他！

关于文强的被捕，他脱险以后，我才知道了是怎么一回事儿。

熟悉重庆地势的人都很清楚，重庆城因地势所限，分为上半城和下半城。下半城位于长江北岸沿江岸坡上，因依赖水运而自然形成，是当时的繁华地带。下半城上方有一道与长江平行的山梁，叫作大梁子。大梁子后面，就是建筑在起伏山丘上的上半城了。

在上、下半城的中央半坡上，建有一个公园，因为所处位置在山下半城的中央，所以叫中央公园。来往上、下半城，走中央公园之间的一条便捷通道，十分方便。

文强这天赶去会见傅荣，就是从城南长江边储奇门河街住处爬坡上行，穿过中央公园，抄近路爬上的大梁子。

二十一军特务委员会的人活动十分猖獗，共产党人上街露面都是十分危险的。这天，文强急于见到老友，心想自己刚来重庆不久，不会有人认识，没想到“无巧不成书”，居然被他曾经的一个学生认出来了。文强之所以与沈天泽“巧遇”，和他刚到重庆、不熟悉重庆的地形有关。

刘湘的二十一军军部就位于大梁子上。从中央公园上方出口的石级爬上去，刚好从军部大院后门外经过。后门里的几间平房就是特务委员会的办公处，外侧岩坡边拉着一道铁丝网，铁丝网下是一堵三人多高、陡然下斜的石砌堡坎，坎下就是中央公园。

沈天泽一个劲儿地高谈阔论，滔滔不绝。他说：“我正在街边躲雨，突然走过一个人，一只手撩着阴丹士林布长衫下襟，一只手撑着油纸伞，从中央公园上边出口处的石级爬上山王庙街。这不是文强吗？我睁大眼睛，几乎就要喊出来啦。透过瓢泼大雨，看那人的身影，我断定，这一定是文强。他从我身边走过去的时候，我佯装拉起衣服，揩拭脸上的雨水，不让他看出我来。当他走过去以后，我就跟上了他。我知道，再往前几十米，就是我们特务委员会，我要在那儿抓住他。他往上爬的时候，已经气喘吁吁。我憋足了一口气，就在他到达我们特务委员会后大门的时候，我一个箭步冲上去，一个下弯，一把抱住他的两腿，用力把他扑在地上。他还没有反应过来，就已经被捕啦。”

沈天泽的得意忘形，激起我心中无限的怒火，我真想把他捶成肉泥。但是我不能，我只能强压着怒火，提出让大家去看看沈天泽到底抓住的是怎样的一条大鱼。沈天泽还是那样得意扬扬，说文强就关在3号等候室。于是，我招呼了几个人，跟着沈天泽来到3号等候室。文强浑身湿透，脸上因为被沈天泽扑倒而摔伤，额头肿起很大一个包，还在往外流血。也许因为反抗，被沈天泽打了耳光，左耳、左脸也有血迹。

不错，这就是文强，川东特委书记。我陪秘书长郑佑之向他汇报打入刘湘二十一军特务委员会的工作时见过他一面，也许他记不住我。因为当时我是郑佑之的陪护，他们在屋子里密谈，我在外围护卫，我们之间，仅仅是打了一下照面。

但是我确定这人就是文强。

当天晚上，我写了一张字条，悄悄塞进3号等候室的门缝里。字条上只有三个字：“有记者。”不明白的人以为是什么报社有记者。其实我们是做秘密工作的，一看就会明白，在这种的地方，“有记者”是“有己在”的“谐音”，表示是有“自己人在”。我的意思是要告诉文强不要着急，这里有自己人，会想办法营救他。

文强被捕了，我很快把情况转告郑佑之。郑佑之告诉我，一定要千方百计地把文强救出去。

正是我的纸条起了作用，所以文强一口咬定，他在杨森的部队里待不下去，就跑回老家去了。现在想来重庆找点事情做，刚刚到重庆就被抓住了。询问中，文强还说出了他所住的旅馆。然后，沈天泽和侦缉队的人就去那个旅馆搜查，结果什么都没有搜出来。无论怎么审讯，文强就是一口咬定他是从老家来的，什么事情都没有干。特务委员会不知道文强的“现行”活动，以为捞不到什么油水，便将他转到巴县大监寄押。

营救文强的行动在秘密中进行。我把我的设想告诉郑佑之，他表示同意。半个多月以后，我看时机成熟了，便决定采取具体的行动。

特务委员会办公处外侧的那堵三人多高的岩坡是理想的逃跑地点，只要通过那道铁丝网，沿着石砌堡坎就可以下到中央公园。经过缜密的部署，我在合适的地方，将铁丝网剪开一个口子，并且把那个口子伪装妥当，准备着下一步的行动。

我们的策略是，叫文强参加我们特务委员会，然后寻找机会逃走。这天，我得知沈天泽到外地去了，认为时机已经成熟，决定采取行动。郑佑之告诉我，特务委员会的余宏文、周云芳、薛彦夫配合我行动。

这时候我才知道，身边竟然还有自己的同志。因为我们都是和郑佑之单线联系，所以即便与他们相处几个月了，也不知道都是自己的同志。郑佑之告诉我们，营救文强在此一举，一定要成功完成任务！

去巴县监狱提审文强的时候。我们告诉他："你既然是到重庆来找事情做，那么我们推荐你，就在我们特务委员会谋个事，你看你是否愿意？"我从文强瞬间的眼神里看出，他可能已经认出了我，并且明白了我的意思。于是他说："加入你们特务委员会，有什么待遇？还要经过什么手续？"我说："只要你愿意，今天就可以去特务委员会。后报告上司同意，你就可以正式成为我们的人。"文强佯装考虑了一会儿说："可以试试看。"于是，他就坐上我们的车子回到了特务委员会。

因为车上有几个家伙不是我们的人，所以在车上说得非常含蓄，他如果加入了我们特务委员会，肯定对特务委员会大有益处！前几天我们委屈他啦，今天到特务委员会，我们几个弟兄要给他接接风，也表示一下歉意。

回到特务委员会，我们就自己掏腰包，叫伙房厨师给我们加几个菜，还去买了一瓶酒，晚上大家喝几杯，也是为文强洗尘。

就在我们忙忙碌碌的时候，意外发生了。出去了两天的沈天泽居然急匆匆地跑了回来。他一回来就叫嚷，掌握了文强的新情况。当他得知我们已把文强接到特务委员会，更是暴跳如雷。他说掌握了文强在川东参加了李家俊领导的一路红军的情况，必须好好地审问文强，一定要审出一条大鱼来。

沈天泽还在火头上，立马就要去审讯文强。我当机立断，对沈天泽说："我们既然把文强接到这里，并且已经准备了酒菜，不妨来个鸿门宴，一边喝酒一边套他的话，看看他到底是什么货色。你现在可以先平息一下火气，装着什么事情都没有，到时候我们几个人共同对付他，伺机揭穿他的秘密。如果他不说出自己的真实情况，我们再揭露他。总之，文强在我们手里，我们想怎么样就把他怎么样，绝对饶不了他。"

经我这么一说，沈天泽一时拿不出反对的意见，只好表示同意。他既不出钱，还能和我们吃吃喝喝，当然也就无话可说了。

我心想，沈天泽这家伙，这几天竟然在调查文强。幸好我们及早采取行动，要不后果不堪设想。我还想，今天一定要见机行事，把文强营救出去。

沈天泽的归来，让其他几个同志也感到了问题的棘手。我把我的意思告诉给他们，他们表示明白。于是大家都装着若无其事，该干什么还干什么，嘻嘻哈哈地忙碌着。

为了实施我们的计划，我们又去买了一瓶酒，打算灌醉沈天泽。晚饭的时候，我们自然是非常客气地向文强表示歉意，说最近委屈了他，希望他原谅。我们举起酒杯，互相敬酒。

三杯酒下肚，沈天泽把话题扯到了他想说的问题上。他听说文强参加了川东李家俊领导的一路红军，问文强有没有这回事。

文强毫不犹豫，说："那都是过去的事情了，就不用再说啦。"沈天泽说："不妨说来听听。"文强知道沈天泽这是在套他的情况，于是他说："我确实去过川东，但是和李家俊搞不到一起，然后就离开了，回到了老家。因为在老家实在是无聊，偶然看见刘湘司令的二十一军去年颁布的奖励反共条例，就想到重庆来找点事做。没想到刚到重庆，就被你们抓啦！"

沈天泽说："既然你是来重庆找事情做，我们抓住你以后，为什么不说出你的打算？"文强说："我不知道你们特务委员会到底怎么样，不敢也不想和你们说。现在我才明白了特务委员会是干什么的，所以今天你们要我加入时，我就同意了。"

沈天泽没有问出什么名堂，就说："今天先说到这儿，明天我们向上司反映你的情况。你可得说老实话，如果有假话，吃不了兜着走。"

我们继续喝酒，两瓶酒喝完了一瓶半。我们装着都有一些醉意，文强明白了我递给他的眼神。他说他要上个茅房。于是我说："周云芳，你去陪着。"周云芳陪着文强，还没出门，沈天泽也要跟去，我急忙举起酒杯说："老沈，来，我们干一杯。"沈天泽是我的手下，我叫他喝酒，他不能不喝。于是就举杯和我碰了一下，然后就喝了下去。

我还没有放下杯子，薛彦夫也举杯对他说："沈兄呀，老杨的酒你喝了，这几天你很辛苦，我也敬你一杯。"沈天泽无可推却，也碰杯干了。紧接着，余宏文又端起杯子，什么话也没说，意思是要沈天泽碰杯，沈天泽有点不愿意。但是余宏文激将他说："怎么？你看不起老哥？"沈天泽说："我不是看不起，我连喝两杯啦，让我吃口菜吧。"于是他端着酒杯，一边夹菜，一边用眼睛看着门外。我知道，他这是在看文强和周云芳。我向余宏文递个眼色，意思是要他和沈天泽碰杯。余宏文明白我的意思，连说："来来来，把我的这杯酒喝啦！"沈天泽推辞不过，碰杯后一饮而尽。然后他说："他们怎么回事，怎么还不回来？"我知道他说的"他们"是谁，就说："你们喝着，我去看看。"我正往外走，沈天泽说："我也去。"

就在这时，我决定干掉这家伙。

我向余宏文、薛彦夫使了一个眼色，然后就走出门去。

我和沈天泽一前一后向茅房走去，一边走还一边喊：“周云芳，你们是怎么回事？”当然不会有人回答。沈天泽感觉不对劲，抢上一步冲进茅房。就在这时，余宏文、薛彦夫双双疾步走来。我们一拥而进，突然卡住了沈天泽的脖子。只听得几声脆响，沈天泽连叫喊都没有叫喊一声，就被掐断了脖子，死啦！

我们毫不手软，继续掐住他，直到他毫无气息，然后我们把他的尸体狠狠地扔进了茅坑里。

不用说，周云芳陪着文强，从我们早已准备好的铁丝网缺口处逃出了特务委员会。当天夜里。考虑到可能发生的后果，余宏文留下来继续隐藏。我和薛彦夫也从那个破洞里逃出去，找到文强和周云芳，连夜逃出重庆，去了成都。

老大哥郑佑之

刘湘的二十一军特务委员会知道成功逃离的文强是共产党的要员后，便报告给刘湘，刘湘十分震怒，下令全城搜捕。连续三天三夜，整个重庆被搞得鸡犬不宁，然而大搜捕却毫无所获。

搜捕没有结果，但特务委员会内部却没有清闲，特务们相互监视，相互揭发。整个特务委员会人人提心吊胆，鸡犬不宁。在特务委员会工作的同志，行动更加艰难。

1931 年 12 月 31 日，《新蜀报》刊载青年社题为《昨日枪决三共党　周世杰（原报纸为用世杰，有误）罗曼生郑佑之图谋不轨》的报道，我看到文章时已是十几天以后。报道记载："周罗两人，已判处死刑。于昨（三十）日午前绑赴刑场枪决矣，又共党省委郑佑之，在共党中原有第一马克思之称，于日前被廿一军部□□□桂花街五世同堂院内捕获，判处死刑，亦同时执行云。"

革命随时随地都有牺牲。此前一年多时间，省委四任书记被捕，其中傅烈、杨愿庵、穆青三位书记被杀害，更有许多共产党人被捕牺牲。郑佑之处于重庆虎口之中，牺牲随时都有可能发生，但我没有想到会是这样快。自从护送文强脱险，我就再没有见到郑佑之，他牺牲的消息我是从不同渠道断断续续得知的。

有一次我和我的老大哥郑佑之谈起年龄，得知他 1891 年 3 月 13 日出生在宜宾县古罗场的一个封建家庭里。郑佑之比我大十六岁，所以我习惯称他“老大哥”。老大哥是宜宾共产党地方组织的创始人，领导川南农民运动，影响很广，人称“川南农王”。

1931 年 3 月，老大哥兼任中共川东特委组织部部长，根据党的指示，余宏文打进二十一军特务委员会，同年 6 月，我也受党的指派，潜入二十一军特务委员会，受老大哥直接领导。

我护送文强离开重庆后，从各方面传达的精神中得知，老大哥在重庆被扣上“保守主义”“右倾思想”“农民意识”“逃跑主义”等等帽子。原因是，党一再强调把工作重点放在城市搞工人运动，把大批党员骨干调到城市，用集会、讲演、散发传单的方式发动群众，组织武装暴动，夺取大城市。而老大哥对党在城市的这种工作方法持反对意见，曾在党的会议上多次提出将党的工作重点转移到农村。他以切身的经验，列举了不少在敌强我弱的大城市，党的组织累遭破坏，党的领导人一个个被捕杀害的事实。他痛心疾首地指出，党辛辛苦苦建立起来的组织，一下子就被破坏了。他极不赞成在大城市执行那种蛮干的做法，提出去农村建立武装根据地，并且愿意主动到农村去。然而他的主张不仅没得到支持，反而他被扣上“保守主义”“右倾思想”“农民意识”“逃跑主义”等等帽子，使他处于极度艰难的境地。

由于敌人采用残酷镇压和收买叛徒两种手法，很快，党的领导人李家俊、杨仁杰、饶耿之等人相继牺牲。老大哥认为再这样下去，在重庆的党组织有被敌人完全吃掉的危险，他决心回农村再创根据地，以保存实力。他写信给弟弟郑瑞符，要他筹集银圆从速寄来重庆。款到后，他花了二百多块大洋，通过余宏文在刘湘军械库里搞到当时最好的十支德国快慢机手枪，并派张朗元、陈强等人秘密将其运回宜宾，准备回宜宾建立革命武装。

然而，老大哥的理想未能实现，厄运已悄然而至。

刘湘得知他的枪支被共产党弄走后，立即在全城戒严，搜捕共产党人，寻找枪支。因此案与余宏文等人有牵连，郑佑之立即要求余宏文等人撤出特委会，火速离开重庆。

正是这样，老大哥身份暴露，刘湘不惜以重金四处悬赏缉拿他。组织决定立即把他调离重庆，派盛一平接替他的秘书长职务。一切移交工作已经完成，临走之前，组织又要老大哥最后去由他领导的交通站取情报。郑佑之说这个交通站的人已不可靠，再去有被捕危险。可是组织仍再三要他去，他服从组织决定，于 12 月 21 日去桂花街五世同堂院内，而交通站负责人袁世勋已于凌晨前被捕叛变，供出了郑佑之要来此取信件。当老大哥前去五世同堂时即被敌人预先设下埋伏而被捕。

老大哥知道自己再也不能出去，就在监狱里秘密给党组织和他的亲密战友也即夫人李坤杰写了遗书，做好牺牲准备。

老大哥被投入巴县监狱。敌人百般威逼利诱，而他铁骨铮铮、坚贞不屈。1931 年 12 月 30 日，老大哥慷慨就义于重庆罗家湾，时年四十岁。之后，弟弟郑瑞符将老大哥遗体载运回乡，安葬于普岗寺平民学校旁。

1932 年深秋，我去南方巡视，特地去宜宾县古罗场普岗寺平民学校，通过乡民找到老大哥的墓地。墓地草木戚戚，冷冷清清，没有墓碑，于荒草中毫不起眼。我放眼寻遍了周遭，没有看到任何花草，无法给老大哥献上一束花以寄托我的哀思。末了，我只能捧起一把泥土，撒在坟头，默默地倾诉我对老大哥的深深怀念。

此时此刻，我的心里突然冒出很多想法。我想，也许有一天，我也可能被捕，也可能被敌人杀害。老大哥有他的弟弟收尸，还能被埋葬在这里，好歹还有个土堆坟包。如果我被敌人杀害，极有可能没人收尸，极有可能死无葬身之地。“天涯何处无芳草，尸骨成泥乃初心！”既要革命，就得有牺牲，为穷苦大众而死，死而无憾！想到自己可能的牺牲，我淡淡一笑，坦然对老大哥说：“老大哥，放心，你倒下了，更多的革命者还会继续战斗，革命不胜利，战斗无止境。”

而今，我被捕了，也许有一天，我也会被敌人杀害。每一天都可能死亡。正是老大哥铁骨铮铮、坚贞不屈之精神，激励着我，使我得以在牢房里咬紧着牙关，坚守着革命信仰。老大哥不屈精神之激励正是我顽强的精神支撑！

死神与我不即不离

时间过得真快，眨眼就是十八天了。

在我的人生历程中，我有六天毫无知觉。当我从死亡中苏醒过来，听见狱卒骂骂咧咧地说：“你娃真是命大，已经整整六天，居然活过来了！”“我要喝水，给我水！”我似乎想起了什么，意识里有一种从深渊浮起来的感觉。狱卒把水送到我的嘴边，我慢慢地抿了两口，肚子空空的，刚刚抿进喉咙里的水就像从高高的管道流下，很快就流过整个肠道，浸润到了丹田。凉水所到之处，应该是毫无阻碍。于是，我突然感到从未有过的饥饿，“有吃的吗？”我本能地问。狱卒转身出去，然后给我端来一碗稀饭，说要慢慢吃，不能吃得太急。于是我就慢慢地吃，吃着吃着，我终于想起这毫无知觉的六天之前的情景。

六天之前，我受到刑讯。不，不是六天之前，应该是十二天之前，我被提审，受审的地方是一间面积不大的刑房。对于刑房的刑具，我在被捕之前就有很多假设，假设我被捕了，我会遭受什么样的刑罚，不同的刑具会让人产生什么样的痛苦。凭着曾经从书本看到或是在民间听来的常识，我知道了许许多多的刑具。无论是亲眼看见，还是书本介绍，或是仅凭他人描述，我所知道的刑具可谓五花八门，无所不包。我之所以要了解这些刑具，就是要深刻了解这些刑具对人会造成什么样的苦痛，从而在思想上增强防御这种苦痛的力量。

好吧，这里就不妨把我对林林总总的刑具的了解做个简要的介绍。

以刑具分类，可分为金、木、水、火、土、风、吞、绞、毒、电等所谓十大酷刑。以刑具的使用分类，可分为头部的刑具、颈部的刑具、腹背的刑具、腰部的刑具、臀部的刑具、手部的刑具、脚部的刑具、全身的刑具。就我所知所见所闻，介绍一些主要的刑具。

首先是头部的刑具——“脑箍”，有“金瓜击顶”，有铁箍。把这种刑具套在犯人头上，在铁箍和头皮的空隙加木楔，用铁锤敲打。铁箍越收越紧，受刑者疼痛如刀劈，甚至于头颅开裂脑浆溢出，此种刑具便叫“脑箍”。我不知道孙悟空戴着头箍被唐僧诅咒时头痛得扳天扳地的滋味，只知道当我在受这个酷刑时，脑子无数次开裂，感觉就像火炮突然地爆开一样，瞬间使人失去知觉。然后就是持续的脑袋发胀，无限膨大，再膨大，继续膨大，感觉脑子里所有脑浆都在喷射，然后就是昏迷。想想孙悟空那么钢筋铁骨，戴个头箍，唐僧念念有词，他就痛得扳天扳地。我在受刑时，钢箍与头皮的缝隙被敲进木楔，那种紧箍的疼痛，没有亲身的体验，绝不可能体会到它的滋味。

除此以外，还有用来吓唬人的刺眼、剜眼等等刑罚，刑具则是银针、尖刀等，竹签子也登上了角色齐全的刑具舞台。

再就是割鼻子、割耳朵、割舌头，割舌头又称抽舌，有的用刀割舌，也有用剪子一点一点剪舌头。

颈部的刑具就不细细地说了，主要说说腹部和背部的刑具。

腹部和背部的刑具主要是棍棒和鞭子。鞭子有皮鞭，也有材质很硬的竹鞭。鞭子本是用来抽打牲畜的工具，用来抽打人，一般不会致死，看似比较轻，但是却令人痛苦，而且是锥心之痛。历史上有人用生牛皮条穿铜钱拧制成鞭子，长三尺，鞭击时铜钱撕裂肌肤，血肉横飞，惨不忍睹。

还有一种叫九尾猫的皮鞭，由九条在各处打上三个结的皮条制成，鞭击时每条细鞭都能打进肉里，鞭结撕下皮肉，就像老鹰的利爪从骨头上撕肉。那个痛苦，不是一般人所能忍受的。

肉刷，是用铁刷子一下一下地刷去身上皮肉的酷刑。刷肉时，先将犯人剥光衣服，绑缚在铁床上。如果是置人死地，就先用开水在身上浇几遍，然后用铁刷抓扫。就像杀猪煺毛似的，直到把皮肉刷尽露出白骨，腹背都要刷到。

当然，如果不是置人死地，则不用浇开水，而是生生地用铁刷抓扫肉皮。血肉模糊了，再用胶布粘贴。等到血肉干枯了再一块一块地撕扯胶布。那种深入骨髓的疼痛，更是常人无法忍受。

腰部的刑具也不细细叙述了。接下来说说臀部的刑具。

中国的传统家教，孩子被打屁股已是司空见惯，有句老话说：“打人别打脸，打屁股，打不坏。”后来，官家把“打屁股”演变为一种刑罚叫“笞杖”。

笞杖很有讲究，要想熟练地挥舞手中的笞杖，得经过一定的训练。据说，过去官府当差的，预先操练这打人的技巧，是用一块豆腐摆在地上，拿小板子打上去只准有响声，不准打破；等到打完，里边的豆腐都烂了，外面依旧是整整方方的一块。操练到这种程度的，才是笞杖的能手。

笞杖的刑具种类就太多太多了，有木棍、大棒、竹条、皮鞭、皮板、木板、竹板和荆条。它们各有所长，功用都是一个，使人产生无限痛苦，死去活来。

手部的刑具，除了限制人身自由的刑具外，比如手铐、手链，我要说的主要是致人痛苦的刑具。其中之一就是拶子，也叫拶指或拶夹，是一种专门用来夹手指的刑具。由五根圆木组成，各长七寸，径围各四分五厘，用绳子穿连小圆木套入手指，用力收紧绳子，圆木就会紧夹手指，使人痛苦不堪。拶子给人带来的痛苦最难熬，因为它摧残的是十指连心的手。

竹签是一种很不起眼的小物件儿，但在刑罚和拷讯的舞台上却大展身手，横行一时。也有将铁针钉入指甲里，十指连心，受刑者同样会疼得死去活来。

在刑讯中施用于脚部的刑具，最著名的就是夹棍了。夹棍，也叫夹棒、脚棍、擅木靴等，是一种用木棍和绳索构成的夹压脚踝的刑具。这种刑具往往使受刑者腿部受重伤，甚至夹碎踝骨，造成残废。两根三尺多长的夹棍，在离地五寸处贯穿铁条，每根中间各有帮拶三副。刑讯的时候，把棍直竖起来，然后把犯人的脚放在中间，束紧棍上的三道绳子，再用一根棍贴紧脚的左面，使其不能移动，再用一根长六七尺、宽四寸的大杠，从脚的右面猛力敲足胫。敲上二三百下，不但皮破血流，骨头也早已碎了。受刑者苦不堪言，疼痛异常。

全身的刑具莫过于老虎凳，所谓老虎凳，是将犯人绑缚在一条板凳上，胸部一道，小腿上一道，头发也被束牢；然后将双手反绑于凳下，把砖块硬塞进犯人腰底下，渐次加码塞到两块以上，便只有告饶的份了。有的塞到四块还不罢休，还要强搬双脚垫砖，往往导致脚骨断裂。

还有一种刑具称为木手。木手长不足二尺，粗三寸左右，用坚硬木材制作，有的还要用桐油或兽油浸泡，光亮不裂，佩带于腰间，上街巡视的警察最常使用，也可以称为警棍。因这种刑具打人酷烈，往往能把人打成残废或者打死，所以也有人称这种刑具为鬼头棍。

使用木手时，先将犯人的衣服剥掉，将木手放在犯人的脊肋处横竖搓刮。由于人的脊肋处肉少肋骨多，用木手的棱角搓刮，轻者青一块、紫一块，重者皮破骨出，如剔骨摘肉一般，死去活来。

监狱里的刑具林林总总，式样新奇，其名目之繁多，方式之酷烈，手段之野蛮，令人闻之丧胆，受刑时则疼痛钻心，死去活来。

我介绍了这么多刑具。接下来就该介绍我享受刑具的滋味了。

那是一个傍晚，一碗稀饭刚刚喝下，狱卒就来提审我，给我戴上手铐脚镣。我知道，这是要去享受刑具啦。

他们给我戴手铐的时候，我微微地笑着。一个当官模样的家伙说："我看你笑，等会儿有你笑的时候。"我说："放心，我会一直笑，不停地笑。"当官的说："那你就笑吧，总有笑不出来的时候。"我还是微微地笑着说："我一定会笑到最后。"

来到刑房的时候，各种各样的刑具使我眼花缭乱。我冷眼看着他们说："先来哪一套？"当官的家伙说："没你选择的份！"

那当官的继续说："我看你还是老实一点，现在交代还来得及。动刑了，吃了皮肉之苦再交代，那就不划算啦。"

我说："你们就动刑吧。我没有什么交代的，也不会交代。"那当官的说："我可不像坐办公室的那些人有耐心，我最大的能耐就是手痒，我就是要让人皮肉吃苦。你如果害怕皮肉吃苦，奉劝你早点开口交代。"我笑笑说："没事儿，你们有什么手段，尽管拿出来。我要是眨一眨眼、皱一皱眉头都不算是人！"

当官的装模作样，先是解开了衣服扣子，本来是要捋起袖子，但是他停顿了一下，然后把衣服脱了。另外两个狱卒，把我的双手绑在横木上，两条腿叉开形成一个大"八"字，用绳子分别拉向两边的木柱。

接下来，那个当官的就开始用刑。刑具是人们通常所说的鞭子。应该是泡了水的牛皮鞭，那家伙先是把牛皮鞭在手里把玩着，然后狠狠地抽了我一鞭子，说："想好了吗？是老老实实地交代，还是皮肉吃苦啊？"

我还是像先前一样，微笑着说："来吧，让我体会体会舒筋活骨的滋味，我要是皱一皱眉头，我就是你妈养的！"

那家伙被我激怒了，使出了十二分的力气，左右开弓，鞭子雨点般落在我的身上。不用说，每一处鞭子接触到我皮肉的地方，必定都是一条血印。也许是他的鞭子挥舞得太快，以至于我感觉不出鞭子每一次抽到肉体产生疼痛的间隔。

说实在的，那家伙也就这点儿本事。我还没有感觉出肉体最深的疼痛，那家伙挥舞鞭子的速度就渐渐地慢下来啦。到后来，他把鞭子扔给身边的一个家伙，于是，雨点般的抽打继续着。

我敢说，从始至终，我都没有放弃微笑。哪怕就是晕过去了，我脸上也挂着微笑，没有表现出丝毫的痛苦。

我知道，我也是肉身，但是我的意志，肯定比钢铁还要硬。肉体会有疼痛，会被刑具摧残甚至摧毁，但是坚如钢铁般的意志，无论如何也不能被摧毁！

就在我一次次痛得昏过去的时候，我的好兄弟蔡涛的笑容不断浮现在我的眼前。

好兄弟蔡涛

前年4月（1931年4月7日）我的好兄弟蔡涛英勇牺牲，年仅二十岁。

大前年（1930年）8月，川南党、团、工会合并成立各级行动委员会“川南行动委员会”。8月，我受组织派遣，到自流井工作，化名余治平，我担任川南行动委员会委员、宣传部部长兼青年工作秘书处主任。

我的主要任务是，协同当地党组织，发动自贡工人大罢工。作为川南特委组织部部长、团宜宾中心县委书记的蔡涛，前来自贡向团委汇报工作，我这个秘书长和蔡涛同样住在盐业工人的工棚里，与工人并肩战斗，同甘共苦。在短短不到半个月的时间里，我们成了极其要好的弟兄，夜夜抵足而眠，无话不谈，从而知道好兄弟蔡涛极不平凡的人生。

蔡涛，又名蔡玉�，化名戴永昌、郭永昌，1911年4月20日出生在重庆市酉阳县渤海乡蔡家堡。

蔡涛出身于书香门第，父亲蔡锡成是清末秀才，家里有五弟兄、五姊妹，蔡涛排行第三。他童年时代，聪明活泼，酷爱读书，1923 年小学毕业后，考入酉秀黔彭联立中学学习。后因联立中学停办，他又从酉阳转学到龙潭四川省立第五中学读书。当时，五四爱国浪潮席卷全国，蔡涛向往光明，积极投身于反帝反封建的斗争行列。

后来，蔡涛考入了川东师范学校。在共产党的领导下，反帝反封建的浪潮进一步深入开展，川东师范学校充满着革命的气氛。蔡涛坚定对共产主义的信念，先后加入了共产主义青年团，不久又转为共产党员。

“我入党的时候十六岁！”我俩抵掌而谈的时候，蔡涛无不自豪地对我说。看着这个稚气未退、乳臭未干的年轻“娃娃”，我不免心生一丝暗暗的担忧——真心希望他不要遇到什么挫折。在我的经历中，一遇到挫折就走向革命反面的人太多太多，我不得不时时刻刻提醒他，我的好兄弟！

“假如——我说的是假如，假如你被捕了，你会怎么办？”我试探性地问他，看他什么反应。

有片刻的工夫，他冷冷地看着我，问我：“治平哥，你这是什么意思？”我说：“你不要问我是什么意思。你只管回答我，假如你被捕了，你会怎么办？”

蔡涛是个很聪明的人，他没有急于回答我的问题，而是两手抓住我的双臂，反问我说："治平哥！你说我该怎么办？"我抓住他的右手，看了看他的手掌，又看他的手背，摩挲着说："你看你的手，细皮嫩肉的。再看你的脸，同样细皮嫩肉。假如你被捕了，我担心你受不了酷刑。"

蔡涛猛地抽出他的手，一骨碌从床上站起来，拍着胸膛说："治平哥，我记得红军时期的入党誓词有一句话是'牺牲个人'。什么叫牺牲个人？如果我被捕了，我绝对不会向敌人投降。我一定会牺牲个人，保护革命，绝不出卖其他的同志。你别看我细皮嫩肉，但是我的心、我的意志是钢铁打的！"

我拉着蔡涛的手，告诉他说："被捕不是我们所希望的，但是我们必须有思想准备。假如被捕了，无论如何，哪怕就是下油锅，哪怕就是被刮下一层皮、挖掉一身肉，也不能背叛革命，更不能出卖同志。有很多人被捕了，因为受不了酷刑，他们就背叛革命、出卖同志。最近两年，我们有很多同志，就是因为被叛徒出卖，被捕的被捕，牺牲的牺牲，给革命造成了不可估量的损失。"

蔡涛说："这个我知道，我也有思想准备。无论什么情况，我一定不会背叛革命，一定不会出卖同志。"

不过，蔡涛又说："如果我有一天被捕了，我肯定不会随随便便就暴露自己的身份，我会想办法保护自己。”

接着蔡涛说：“我有一个堂哥，叫蔡玉龙。”“什么，川南警备司令蔡玉龙是你堂哥？”我很惊讶。

蔡涛说：“是呀，蔡玉龙是我亲亲的堂哥。”

蔡涛津津有味地说：“我老爸和玉龙他爸是亲弟兄，我当然就是玉龙的堂弟兄。玉龙出来混，我爸可是给了他很大的资助，现在玉龙混到川南警备司令。就为这个，玉龙也不能忘恩负义。说实在的，玉龙对我还是非常不错的。前年春天，组织上从重庆调我到川南自贡地区工作，任命我为共青团自贡特支委员，化名戴永昌，在贡井小学以教书为掩护，主要的任务是在富顺县积极发展团员，建立团支部，为自贡党组织开辟活动据点。我和一批进步青年一道，组织了‘南华新剧社’，用戏剧艺术形式进行宣传活动。我是剧社的领导人之一，也是主要的演员之一。我们演出了《棠棣之花》《湘累》《两父女》等富有革命意义的戏剧，但做这些事情需要经费，没有经费就无法开展活动。我想到了堂兄玉龙，我向他要钱，但是我不能直接说我们开展演出活动缺钱。我突然想起我老爸写信叫我回老家去种地并经营烤酒作坊，踏踏实实当好自己的地主老财的事儿。你想，国家、民族处于水深火热中，我不可能回去当地主老财。我给我老爸写信，说我在外边求学，不能回去。这时我突然来了灵感，我装扮成远走他乡的学生模样，带着行李，到堂兄蔡玉龙那里。我说我老爸老是叫我回老家办作坊烤酒，我觉得烤酒办作坊一点也没有出息，我得去考学。但是我没有钱，我希望玉龙哥接济路费，当然能接济一些学费更好。玉龙哥还算不错，他说我要求学，他肯定大力支持，还说学成了就跟着他一起干。他给了二百多大洋。你明白的，这二百多大洋我全部交给了组织，作为组织的活动经费。组织上也留给了我们一小部分，用作我们剧社开支。”

“蔡涛，你这么说，我倒是想起另一个问题，”我思考着说，“假如——我还是说假如，假如我们被捕了，你堂哥会怎么样？”

蔡涛又是冷冷地看着我，不明白我想说什么。我想了想，对他说:“你想想，假如我们被捕了，你堂哥会对我们怎么样？”

蔡涛摸着自己的头顶，思考着说:“说真的，这个我还真的没有想过。不过，假如我们真的被捕了，他想怎么着就怎么着，横竖我不会叛变革命，更不会出卖同志。”

我说：“这一点我完全相信你，假如我们被捕了，除了不背叛革命，不出卖同志，我们也可以想想别的办法，你说是不是？”

蔡涛不知道我想说什么，我也不能太明确地告诉他。我只能对他说：“假如——我还是说假如，假如我们真的被捕了，我们得有我们的策略。真要是那样，肯定不能背叛革命，不能出卖同志，但也不能随随便便就暴露了我们自己，你说是吧？”

蔡涛好像明白了我的意思。他说：“真要有那么一天，我会有办法的。”

我没有问他什么办法，有一些话不便于明说。蔡涛是个很聪明的人，他知道该怎么做。

这次谈话不久后，不幸还真就发生了。

为了配合全国的武装暴动，川南行动委员会成立后，积极组织自贡工人大罢工，并计划组织荣县农民暴动和组织第十六路红军(在荣县)、第十七路红军(在富顺三多寨)起义。我的主要任务是，日夜深入盐井工人群众中进行活动，策划自贡罢工。有时则同开明盐商及财界中间派人士接触周旋，争取进步人士的同情和支持，增强革命力量。工作的重点是，分别在长土、大坟包、郭家凹等地建立各井灶工厂委员会，踏踏实实地巩固工人群众的基层组织。同时积极筹划成立自贡盐业工人赤色总工会，以便统一领导盐业工人的罢工。

成立工厂委员会的基础工作，进行得很顺利。一天夜晚，在自流井至贡井途中的一个古庙内，召开了成立赤色总工会的工人代表大会，参加大会的代表约三千人。根据上级党组织的决定，将党、团、工会、农协会合并成立“自贡行动委员会”，决定在十月开展以“夺取自贡地区政权，建立苏维埃政府”为中心的自贡大罢工大罢市斗争，在荣县、威远、富顺、内江四县开展秋收武装起义。代表们热血沸腾，情绪极为高涨，会场气氛非常热烈，胜利的曙光就在眼前。

散会时天降大雨，工人们冒雨回家，因为情绪昂奋，不少人很激动，一路走一路高呼口号，蔡涛带头唱起《国际歌》：“起来，饥寒交迫的奴隶，起来，全世界受苦的人，满腔的热血已经沸腾，要为真理而斗争……”

“太张扬了！”召集会议的人赶紧要求大家不要过于激动，这样会引起军警的注意。尽管我们及时劝阻了大家，但还是引起了反动军警的注意。

次日凌晨，川南警备司令部就在贡井、小溪进行大搜捕，结果，城市仅罢工罢市一天。工会积极分子邓熙之同志牺牲，荣县三千多人武装起义失败，鼎新乡共产党员张二娘等人惨遭敌人杀害。

在反动军警的大搜捕中，我和蔡涛还没来得及转移就不幸被捕，被关押在一起。在警察的严密看守下，我不经意地提示蔡涛说：“你堂哥？”蔡涛似乎明白了我的意思，点头说：“我晓得！”

因为蔡涛的身份特殊，提审他的时候，军警故意叫喊：“蔡涛，司令要亲自审讯你。”

蔡涛被押走的时候，不经意地对我笑笑。我也不经意地点点头。我在心里默默地告诫他：千万要顶住。

说实在的，我心里很担心。蔡涛太年轻，能不能经受得住酷刑？能不能经受得住各种各样的诱惑？确实令人担心。我猜想了很多很多各种各样可能发生的情况，并对各种可能发生的情况都做了详细的思考。万一蔡涛顶不住诱惑，经受不住严刑拷打，暴露了身份……真要那样，我不敢仔细去想。

几乎整整一天，我一直处于不安的状态。傍晚的时候，蔡涛终于回来了！看他的样子，并没有经受任何酷刑。他满脸的笑容，好像什么事儿也没有发生一样。我估计，他没有受刑。至于这一天，他经历了什么？我从他的脸上，一点儿也看不出来。

我想，蔡涛是不是已经出卖了自己，更出卖了组织，当然也出卖了我。对于他满脸灿烂的微笑，我实在理解不出那笑容里所包含的内容。

我警惕着，不卑不亢地看着他到底要怎样表演。

果然，蔡涛要“表演了”。他在我身边坐下，笑嘻嘻地对我说：“治平哥，你猜我今天都经历了些什么？”

我摇摇头，表示猜不出来。

蔡涛故作神秘地说；“你还是猜猜吧。”

我还是摇摇头。没说话，表示猜不出来。

蔡涛说：“我想问问你，今天，你最担心我什么？”

我说：“我担心的可多啦！最担心的是怕你挨打。”他说：“除了挨打，你还担心什么？”我说：“我担心的，除了挨打，当然是挨打背后的内容，这个不说你也明白。”

蔡涛说：“我当然明白。”

我实在不想蔡涛再卖什么关子，希望他坦率地把今天的经过说出来。蔡涛知道我心里很着急，于是不再卖关子，就把他经历的一切告诉了我。

蔡涛说：“我今天算是经历了最高的待遇。我堂哥亲自接待我，办了一桌丰盛的午宴。吃吃喝喝的时候，他叫我写一个脱离共产党的声明。我说我不是共产党，我怎么写声明呀，嗯？”

我堂哥说：“你不是共产党，也要写一个情况，就说你不是共产党，并且把你参加工会活动的情况也写一个，就说那是凑热闹。”

我说：“我不是共产党，也不愿意写我不是共产党的声明。参加工会活动，那纯粹是偶然，因为我是教学的，我想在工人里边找几个想读书的人，或者找他们的家人来读书。所以我去了他们开会的地方。我去并不是要参加他们的活动。”

我暗暗地赞许，相信蔡涛说的这些都是真话。

蔡涛接下来说："我堂哥说，他知道我在干什么，如果我不写脱离共产党的声明，也不写参加工会活动的情况，那就写一个保证，保证不在自贡活动。他要求我离开自贡，走得远远的，走得越远越好。如果我愿意出国留学，他可以资助我大洋。他一再希望我出国留学，学有所成，也是给蔡家争光。我说我现在仅有中学的文化，出国留学，怎么能行呢？他说如果我不想出国留学，那就留在他的身边，给他当副官，但是有一个条件，当副官必须得小心谨慎，不准出任何乱子，当然也绝不能参加乱党分子的活动。我说我还是教我的书吧。我不想当兵，更不想当你的副官，因为当兵要打仗。我说你们今天打这个，明天打那个，那子弹又不长眼睛，万一打死了，你怎么向我老爸交代？不管怎么说，我不当兵，也不当你的副官。你还是放了我，让我回去教书。整整一天，堂哥用尽了各种各样的方法，目的就是要我脱离共产党。我始终坚持我不是共产党，我也不会说、更不会写脱离共产党。堂哥拿我没办法，就把我押回来了。临走的时候，他叫我好好想想，想好了，就去找他。"

蔡涛说的这些，应该说都是实话，但是我还是要在内心警惕。我警惕的是，他堂哥要他出国留学也好，要他当副官也罢，他有没有答应，还不能下定论。因为他知道我，当然也知道组织的一些情况。他堂哥会不会利用他来获取更多的东西，这个是不得不防备的。我得冷静地观察，看看下一步的情况。

后来几天，我和其他一些被捕的工人陆陆续续被提审。当然了，我和蔡涛曾经商量，在自贡，我和他都是教书的，只是想从工人，尤其是工头里边找一些他们的子女来读书。别的一切都不知道。至于工人开会，那仅仅是一种巧合。我们也就是希望在工人开会的时候，人多便于和他们联系，发现他们当中有人想读书，就叫他们报名。我们教书的也就是想挣一点儿钱，为了自己过日子。

一连好几天，我和蔡涛虽然都被提审，但是一直没有受什么酷刑。我即使挨过打，但也不是很严重，这多半是因为蔡涛他堂哥在起作用。毕竟蔡涛和他堂哥还有兄弟情分。看在蔡涛兄弟的分上，他堂哥也不会让蔡涛、当然也不会让蔡涛的朋友遭受太大的皮肉之苦了！

再一次提审蔡涛的时候，是我们被捕十几天以后。这次提审，蔡涛有三天没有回来，这使我非常担心。我不知道蔡涛怎么样了，是不是受了酷刑，被打成了重伤，甚至被打死了。三天三夜，我几乎没有怎么睡觉，即使睡觉也是噩梦不断，一次又一次梦见蔡涛被酷刑折磨得死去活来，很多次梦见蔡涛浑身血迹斑斑，体无完肤。我好几次从噩梦中惊醒，心里狂跳不止。

三天三夜，我真的非常担心他。

三天以后，蔡涛回来了。奇怪的是，他还是好好的，满脸灿烂的微笑，看样子根本没有遭受什么酷刑。

我很纳闷，这几天蔡涛会去哪儿呢？这一次，不像上次，要我猜他这几天怎么样。我已经是迫不及待，希望他马上把他这几天的经过从头到尾告诉我。蔡涛也知道我很着急，所以没有像上次那样卖关子，而是一股脑儿地把他这几天的经历全部说了出来。

他说："我那天出去，以为要遭受酷刑，但是却没有。我堂哥亲口告诉我，这几天没事，让他的副官带我去逛逛，各地走走。我不知道这个'各地'是什么。副官和两个军警带着我，去了工人成堆的盐井，自贡、荣县，能去的盐井都去了。去的时候，副官曾告诉我，到了盐井，有我认识的人，或者认识我的人，随便一点，互相招呼，大家都客气一点。如果他们招呼我，我也不要不理他们，要和他们套近乎。

"我揣摩，他们这一招，肯定是要我去指认工人中的积极分子。如果我和工人中的积极分子打招呼，或者他们中的人和我们招呼，那都是很危险的行为。蔡玉龙就是希望通过这种到盐业工人中间去走动的方法暴露工人中的积极分子，甚至是共产党员、共青团员。

“可恶的是，副官和那两个军警，通通都穿着便衣，根本看不出他们就是军警。在这种情况下，如果我走进盐业工人当中，只要有工人出来和我打招呼，他们就会处于危险的境地，被捕的可能性就会很大。看穿了我堂哥使用的伎俩，我想，绝不能被他们当枪使，必须巧妙地揭穿他们的把戏，不能让他们的阴谋得逞。

“于是，每到一个盐场，我首先就高声叫喊，大家好好干活，这是警备司令部司令蔡玉龙的刘副官，来看望你们。蔡司令是我的堂哥，我是教书的，如果你们当中有娃娃想读书就报名来！

“我这样一叫喊，工人们都冷冷地看着我们，默默地干着活儿，根本就没有人愿意跟我们搭话。即使有人和我们说话，也只是问一问报名读书的事情。别的大家则闭口不谈，当然更没有人主动招呼我，我也不会招呼任何我认识的人。

“三天以后，蔡玉龙拍着桌子骂我说：‘你是一条绝路走到黑，那好吧，我也不想跟你摆什么兄弟的谱，你既然想走绝路，我成全你，你就等着吧！’就这样，三天时间，蔡玉龙根本就没有捞到什么线索。我倒是被大鱼大肉招待着，肚子里填了不少油水。”

蔡涛的机智不得不令人佩服，但是我还是不能大意，还是要提高警惕。我也不能一直持怀疑态度。我告诉蔡涛，希望他有所准备。一旦他堂哥失去了耐心，或者认为他没有利用价值，可能就会下毒手，所以他必须有思想准备。

不幸被我言中。过了两天，几个全副武装的军警又来提审蔡涛。他们叫喊着判处蔡涛死刑，然后就把蔡涛五花大绑押了出去。蔡涛毫无惧色，还是满脸灿烂的微笑。我却在心里为即将失去好兄弟蔡涛而满腔愤怒。我真想大喊大叫，说我是共产党员，要杀就杀我。但是我压制了内心的愤怒，冷冷地看着那些军警，默默地为蔡涛送行。

蔡涛灿烂地微笑着，毫无惧色地跨出了牢房。

并非附记（一）

不久以后，自贡地方法院以“不予起诉”宣布对我取保释放。释放以后，我以共青团特派员的名义，参加下川东特委的领导工作，负责整顿和发展川东共青团组织。

1930 年春，蔡涛去重庆出席了共青团四川省第一次代表大会，并当选为团省委委员。会上，我非常惊奇地见到了蔡涛，这才知道他并未牺牲。他不仅没有牺牲，我被取保释放，还是他积极努力的结果。

原来，那天蔡涛被宣布判处“死刑”，押到刑场以后，和一些刑事犯罪的人被一起枪毙。

“我要见蔡玉龙！”蔡涛说，“刑场上我高声叫喊，我要见蔡玉龙，叫蔡玉龙来见我。一个军警告诉我，蔡司令下令枪毙你！接着就有人叫喊放枪，几声枪响以后，犯人中有人倒下了。连同我还有三个人没有倒下。一个军警对我说，你现在考虑考虑还来得及，如果再不识抬举的话，你就没有机会啦！我说我没有什么考虑，要杀要剐，随便你们。本来我想高喊共产党万岁！但是我没有喊。我心里突然冒出一个念头——我可能是来陪杀场的。如果我高喊共产党万岁，可能就会暴露身份。所以我只是说，要杀要剐，随便你们！果然，又是几声枪响，我身边的两个犯人，随即就倒在了血泊中。但是我还稳稳地站在那里。原来，他们用陪杀场威胁我，但是他们想错了。后来，他们把我交给自贡地方法院，再后来就把我放了。我被释放以后，马上就去找蔡玉龙，我说我不是共产党，我的朋友余治平也不是共产党，你放了我，也把余治平放了，我们还要回去教书。有可能是蔡玉龙起了一定的作用，所以你也被释放了。”

听了蔡涛一番话，我才知道，我被释放是怎么回事，对蔡涛的机智表示赞许。

代表大会以后，我立即投入川东特委的工作中。两个月以后，当我从下川东回到重庆，噩耗传到我的耳朵里——我亲爱的兄弟蔡涛不幸牺牲了。仅仅分别一两个月，一个鲜活的生命，我的兄弟蔡涛，说没了就没了，说牺牲就牺牲了，反动派的残忍，简直无以复加！

据了解情况的同志介绍，我知道了好兄弟蔡涛牺牲的大致过程。

1931 年 3 月 26 日，中共宜宾县委召开一次为期三天的行动委员会扩大会议，听省委巡视员、川南特委书记苟祥珂（原名苟良歌，化名良戈、梁歌）传达党中央关于纠正李立三“左”倾错误的报告，并研究深入发动群众，继续开展工农运动的问题。出席会议的有宜宾县委书记孔方兴、宜宾中心县团委书记蔡涛、秘书沈玉琪、委员黄大舜，以及宜宾城乡一些党、团组织的负责人。最初会议会址确定在城北真武山，临到开会时，发现真武山一带有可疑人员活动，为了避免敌人的监视，会址改在北操场的一家茶馆。

然而不幸的是，这个茶馆竟然是宜宾谍查队长杨绍林的爪牙所开设。这个爪牙向杨绍林报告，有人在茶馆里举行秘密会议。杨绍林叫人密切监视，经过确认以后立即带人到茶馆抓人。

当时，宜宾行动委员会扩大会议已经结束，开会人员相继离开茶馆，只剩下苟祥珂、孔方兴、蔡涛、沈玉琪、黄大舜和闵南轩等人。当杨绍林所带领的便衣谍查队出现在茶馆门前时，蔡涛知道出事了，带头冲出门去，以便牵制敌人，让其他同志脱身。他奋不顾身从门前冲出去，其余同志即从后门往山上逃跑。

然而，蔡涛冲出大门没有多远就被抓住，其他同志除闵南轩一人在混乱中逃脱外，苟祥珂、孔方兴、沈玉琪、黄大舜也同时被捕。

当时，宜宾城防司令刘文彩得知所捕五人均是共产党骨干，先以高官厚禄引诱，想从他们身上找到共产党活动和领导人的踪迹，梦想一网打尽。但蔡涛等无一人低头，被施以酷刑，也没有一人屈服。

蔡涛的堂哥蔡玉龙闻讯来电营救蔡涛，一再诱劝蔡涛反共。但是，蔡涛为革命殉难的决心坚如磐石，绝不苟且偷生，无论是劝说、利诱，还是严刑拷打，毫不退缩。敌人黔驴技穷，决定把蔡涛等五人杀害。

1931 年 4 月 7 日，万里长江第一城的宜宾，阴霾阵阵，杀气腾腾。在国民党宜宾城防司令刘文彩的指使下，刽子手们荷枪实弹，押着蔡涛等五个英俊青年走向刑场。他们五个面不改色，神采奕奕，一边向流着眼泪前来告别的群众微笑点头致意，一边高唱《国际歌》:“起来！饥寒交迫的奴隶……”枪声响起的时候，他们高呼“共产党万岁”。蔡涛还发表了临刑演说，愤怒地揭露了国民党反动派反共、反人民的滔天罪行，随后与四位战友从容就义，年仅二十岁。

好兄弟蔡涛，就这样永远离我而去。我为曾经防备他而感到深深的愧疚。那时候，我总是担心他太年轻，谨慎地提防他，怕他禁不住诱惑和酷刑，现在事实证明，蔡涛兄弟，铮铮铁骨，死不屈服，真是好兄弟！

下东风云

自贡脱险以后，受省委派遣，我担任下川东特委委员，前往万县。

1930年9月，中共四川省委在川东门户万县建立了下川东特委——最先称下川东行委，11月后改为下川东特委。当时习惯称“下东特委”。下东特委从成立到最后遭到彻底破坏，活动时间不到半年。我在下东的时间虽然仅仅一个多月，但却是我参加革命最为艰苦、危险性最大的日子。我对于那段艰苦的斗争生活，可以说是刻骨铭心。

下川东，指重庆以下沿长江及川北少部分地区，主要包括——长寿、丰都、垫江、梁山（平）、万县、忠县、石柱、开县、开江、宣汉、达县、城口、万源、云阳、奉节、巫山、巫溪等十七县。当时，四川省共一百零七县，下东特委所辖的县，几乎占全省六分之一，而且又多是开展过兵暴（万县、丰都、忠县）、农暴（丰都、忠县、石柱、梁山（平）、宣汉、达县、城口、万源）的地区。

下东各地的中共组织，先后于1926年、1927年建立。万县、忠县、梁山、达县、宣汉和长寿等地均建立过中共县委，同时，还在游击区建立了宣（汉）达（县）城（口）万（源）四县行动委员会，农村武装斗争更是如火如荼，规模较大的有：

1929年5月12日，四川第一路红军游击队在万源县固军坝起义并建立苏区；

1930年4月7日，四川第二路红军游击队在涪陵县罗云坝起义；

1930年7月29日，四川第三路红军游击队在忠县黄钦坝建立。

这三路红军游击队在下东开展的武装斗争及个别地方苏维埃的建立，沉重打击了军阀、地主豪绅的反动气焰，推动了下东及全川的革命发展。

但是，由于党的斗争经验不足，少数领导人不顾客观实际和群众的觉悟程度，一次次地发动兵变、农暴。暴动失败的同时，党组织也遭到破坏。万县第一届县委的三个领导人曾润百、周伯仕、雷震寰，就因领导万县兵变失败后，于1928年6月全被军阀杀害；梁山县委书记陈代明、组织委员李常善，在三路红军游击队失利一个月后被军阀杀害，县委被迫解体；宣（汉）

达（县）城（口）万（源）四县行动委员会也因1929年5月组织一路红军游击队武装起义，6月失败，于当年7月解体；忠县县委在1929年12月领导后乡人民举行小规模的武装起义失败后，县里的党组织大暴露，县委领导陈云庵等人被迫撤出忠县，到外地活动。

1930年6月，由中共中央派到四川的余乃文任中共四川省委常委兼军委书记，执行中共中央政治局6月11日会议做出的《新的革命高潮与一省或几省的首先胜利》决议，以及“会师武汉，饮马长江”的全国总暴动计划。7月，中共中央长江局在武汉重建，直接领导四川省委的工作。由于下东万县与鄂西接壤，万县便成为长江局与当时设在重庆的四川省委联络的枢纽。

为了及时贯彻中央精神，组织暴动，配合鄂西“会师武汉，饮马长江”。中央长江局建立的当月，中共四川省委召开第一次军委会议，会议一致认为，全省地方暴动的“中心地方……最重要的是川东”。梁山、万县地区农暴持续时间长，有组织的武装斗争比较集中。从1929年的5月到1930年的7月，先后有宣达城万的一路红军游击队，涪陵、丰都的二路红军游击队和梁山、忠县的三路红军游击队举行武装起义。虽然这三支红军游击队先后因军阀的围剿而失败了，但武装人员还在，志未灭，部分枪支还隐藏在武装人员或党组织手里，只要有人登高一呼，集结起来，十分容易。

曾参与组织领导一路红军游击队固军坝起义、后来又做过三路红军游击队副总指挥的王维舟，这时正在梁山、达县、宣汉、开江一带继续活动，组织新的武装力量。

同时，原“平民革命军司令”、后来做三路红军游击队副总指挥的秦伯卿（又名秦正树），正在忠县、石柱一带组建新的武装部队“共产军”。

对此，省委军事会议作出“全省成立五个军区，建立十七路红军游击队”的决议。决议着重指出丰、涪、梁、万以东为第一军区。以梁、万为中心的第一军区内，已有一、二路红军游击队，决定由省委秘书长牛大鸣同志立即带领梁山的第三路红军游击队积极开展土地革命战争。

为了加强党对军委领导，中共四川省委于 1930 年 9 月在万县正式建立中共下川东特委，并明确规定特委的总任务是“配合鄂西会师武汉，饮马长江”。

新建的中共下东特委主要任务是：

一、迅速恢复并发展下东各县组织，尚未建立的应加紧建立党团小组及支部。

二、加速建立和发展下东武装组织。

三、担负中央长江局与四川省委之间传递文件、信函的任务。

下东特委在万县开展工作，可谓困难重重，举步维艰。

处于军阀防区的下东地区，是军阀战争的重心，统治动摇、农民痛苦，比任何地方更甚。下东十之八九是军阀刘湘的防区，驻有成千上万的反动军队和民团。8 月，中共四川省委向中共中央做军事工作报告称：反动军队万县驻一旅两团、一手枪大队、一特种营，约八千人力量。梁山一旅人，民团约四万。川东的梁（山）、忠（县）、涪（陵）、丰（都）一带，大股匪首，人数亦万余，枪支七千余支，军阀刘湘在自己的防区内划了七个“清共”区域，其中的涪陵、万县、忠县、丰都都在下东，军匪勾结，加紧清共、剿赤，镇压革命活动，严重骚扰百姓，使广大群众深受其害。

下东地区因为水路交通便利，帝国主义经济侵略更加深入。仅万县一地，从 20 世纪 20 年代起，陆续有英、美、日、法、德和丹麦等国家的洋行、公司三十多家在万县设置分支机构，他们贩卖石油、洋货，收购桐油、皮毛、山货等土特产，使这一地区的农业、手工业破产也不断加剧。

1930 年，下东大旱，赤地千里，田粮颗粒无收，饿殍载道，盗贼四起，土匪遍地。要在这样恶劣的环境里开展革命工作，其艰难困苦不言而喻。

四川省委对下东特委的成立，极为重视。在人员配备上，调派了较得力的一班人。省行委候补委员苏幼农坐镇下东特委，另一坐镇下东的领导人是四川省行委委员、主席团副主席冯继希，分管组织。冯继希是裁缝工人出身，曾参加四川省行委，代表工会做省行委委员，是四川省行委主席团副主席。

另一特委委员朱又新，任工运部部长。朱又新原来也是重庆工人，有组织领导职工斗争的经验。

特委秘书杨锡蓉（女），长期做地方工作。不久，杨调走，由苏幼农的爱人黄梦谷（四川省行委候补委员）接任特委秘书。

特委委员李忠义（兼下川东团特委书记），万县人，1928年在家乡搞学运，入党后去重庆，这次也由四川省委从重庆派回万县。

后来四川省委还增派原省行委青年部主任梁佐华来下东特委做秘书长。

特委军委书记陈劲言，原是成都学运负责人之一，后调川东，参加二路红军游击队，任前委组织部部长。二路红军游击队起义失败后，继续留在下东搞武装斗争，有组织武装斗争的才能和经验。

除领导干部外，参加特委工作的还有曾莱（化名兰瑞卿、曾永忠）、朱友仁、赵鹤仙、叶乃平（化名聂乃平、苏乃平）、熊曼西（女，化名周曼华）、吴季侠（化名吴笄霞）、廖时敏、梁国华、李叔昭、熊明炳、严觉生（化名严振、严国民）、王牛儿等一大批年轻人。他们在兵运、工运、青运、妇运及武装斗争上，有一定的斗争经验。

对中共下东特委这班人，中共四川省委寄予了莫大的期望。

然而，特委书记苏幼农面对恶劣的环境、艰苦的生活，一开始就带头打退堂鼓。1930 年底，苏幼农向省委请假想卸担子，省委于 12 月 31 日专门开会研究此事后做出决议：玉华（刘玉华，苏幼农另一化名）请假，目前下东特委不健全，工作无头绪，玉华是特委负责人，应该早早回去推进工作，请假不准。

老苏于 1926 年入党，1928 年 10 月起开始做领导工作，先后任中共川东特委书记、自贡特委书记、四川省委委员、省委候补常委、省委常委兼职工运动委员会书记、四川省行委候补委员，还在军阀部队中搞过兵运，领导过 1930 年 9 月初的江津兵变，既有地方工作经验，又直接组织领导过武装暴动，是四川省委较为器重的领导干部。特别是原四川省委军委书记李鸣珂，在重庆被军阀杀害前夕，即在半年前的 4 月 18 日写给党中央的意见书中，专门提出“项鼎（也即苏幼农）、方明两同志均大有作为，中央务须注意训练”。因此，从四川省委领导班子中派人到下东特委坐镇做书记，除苏幼农外，似乎没有更合适的人选。

然而，面对恶劣的环境，苏幼农却请假，省委深感意外。为了充实下东特委的领导力量，我从自贡脱险后，因为不便再在川南一带开展工作，加上老苏在自贡做特委书记时，我们有交往，彼此比较了解，省委决定让我以特委委员身份去万县协助老苏工作。去万县时，我还给老苏带去一个人，她就是老苏的爱人黄梦谷。黄梦谷接替杨锡蓉担任特委秘书。

甫一见面，老苏颇感内疚。他说，他向省委请假实属无奈，接着便讲述了他来万县面临的诸多困难。

“对于我和绝大多数都是从外地调到万县的同志来说，首要的是找个可靠的立足点。”老苏说，“下东从1928年初夏贯彻四川省委搞春暴起，接连不断地组织兵暴、农暴，在军阀的残酷镇压下，各县党团组织遭到极大破坏，党团员不是被捕就是转移。我和冒充我家眷的特委秘书杨锡蓉一起，从重庆经梁山到达万县时，最初根本找不到一个党团员，就连一个稍有觉悟的群众也没有。因为没有任何社会关系，找住处，租房子，建机关，都非常困难，无奈只好去住旅栈。但是住旅栈却非常危险。在万县，旅栈是军阀‘清共’的重点，对旅栈业控制得特别严格，旅客天天要登记，军阀部队夜夜要查号，我和杨锡蓉栖身都很困难，更别说开展工作。后来经过很多周折，终于联系上原籍万县的特委委员李忠义，通过他的介绍，在闹市区二马路兴盛和杂货铺找到了立足点。这家杂货铺有两楼一底，楼下临街是杂货铺铺面，二、三楼兼营旅栈业，住的大都是做生意的，或者是房东在农村来的熟客。因为没有挂旅栈招牌，晚上就没有军警来查号，相对比较安全。”

老苏接着说：“我和杨锡蓉的住地刚刚有了着落，特委工作人员朱又新、叶乃平和小交通员王牛儿等，也陆续从重庆等地来到万县。由于他们都是单身或未成年（王牛儿才十四五岁），要么租不到房子，就算租到了房子，特委穷也交不起昂贵的房租和押金。他们只好长期住在长江边的鸡毛店里。这种所谓的店，其实只是用竹子作墙，茅扇盖顶搭成的临时窝棚，涨大水时就拆走。这种鸡毛店，白天卖饭，晚上歇客，白天招待三教九流，夜晚留宿八方来客，有下苦力的车船夫，有跑江湖的卖艺人，有卜卦算命者，也有做小生意或过往的船客。特委工作人员住这样的地方有两个好处：一是价钱便宜，几个铜板就可住一晚；二是这些临时的店，都没有门牌号，住客不登记，晚上无人来查号，避免了许多麻烦。小交通员王牛儿到万县后，与他联系的李忠义因去各县巡视尚未返回，一时找不到组织，便住在鸡毛店里，每天提个小竹篮，以卖香烟为掩护，到约好的接头地点大桥上等待接头，一直等到李忠义回到万县后才接上头。但是因为特委没有钱，无法租房，没有住处，仍然让他住在鸡毛店里。就连特委委员李忠义刚到万县，也是因为没钱租房同样住在江边鸡毛店。李忠义原是万县的学生，前年在万县搞过学运，有的人认识他，不便在鸡毛店久住。正巧特委委员冯继希从重庆来万县时带了一点钱，李忠义便从农村找来一个非党妇女群众，假扮冯继希的‘妻子’，租了一间房子，李忠义就作为冯继希的‘舅子’，三人住在一起。住处便成为特委的一个机关。

“特委军委书记陈劲言，是一位二十岁刚出头的白面书生，年轻的妇女干部熊曼西和陈的年纪不相上下，他们如果住进江边鸡毛店，一定会引起军警怀疑，容易暴露。于是特委决定两人假扮夫妻，在三马路天德门租了房子住在一起。住处也就成为军委的机关。

“军委干部吴季侠出身旧军阀部队，他担任特委交通站长，为了工作方便，单独住在一马路上一个裁缝店的小楼上。这个吴季侠见到我，就叫穷，说欠房租了，吃饭又不好。于是我把手表、衣物都卖光了，有钱就给同志们交房租，或是交旅栈费。我们在万县不仅要开展工作，发展组织，还要为省委筹集资金。尽管特委经费极为困难，基本没有着落，但是我们筹集了资金，全部送交到省委。有一阵子，我感到工作实在难以开展，生活也极为困难，怕辜负省委对特委的期望。我自感工作能力有限，所以才向省委请假，期望另派有能力的同志来接替特委工作。现在你来了，我信心倍增。治平，我们携起手来，好好地大干一场！”

我对万县非常陌生。我觉得，环境恶劣，生活艰苦，不全是老苏打退堂鼓的理由。老苏心里一定还有别的想法。我说：“老苏你说的这些都是实情，但是就我对你的了解，这些绝对不是请假的真实理由，你一定另有想法。”

老苏瞪大着眼睛看着我，好像就要给我“毛起”。

好半天以后，他才说：“治平你啥子意思？你是说我对党有二心？你是不是这个意思？你来万县是不是带来了省委的什么意见？你说，省委想怎么样我，你说，马上说……”

老苏一连串的质问，我一时真还不好回答。组织原则，即使我知道一些省委对老苏的不同意见，我也不能对老苏说出来。老苏咄咄逼人，我又不能不对他的质问表示沉默。于是我说：“老苏，现在仅仅是你和我，我说的话仅仅是我个人的意思。我想问问你，你对省委在万县设立特委开展工作以适应中央关于‘会师武汉，饮马长江’的做法到底怎样看？”

老苏没有当即回答我对他的提问，相反，他却反问我：“我想问问你，你是怎么看？”

好一个老苏，问题反转，加上之前的质问，我是不得不表达我的内心想法了。于是我说："这个只限于我俩探讨，绝对不与省委决定相背离！""那是当然。"老苏说。

"其实我的这些想法，也不完全是我个人的意见。"开门见山，我说，"最近，一些同志也包括我，认为城市暴动值得研究。尤其像万县在这样多次兵暴、民暴都遭受挫折、遭遇失败并且各级党组织几乎溃散的情况下，仍然大量地把各地同志调来这个弹丸之地，本就血雨腥风，加之刘湘的特务委员会活动十分猖獗，我们这么多同志集中到这里来，人多面宽，很容易暴露，一旦暴露损失会很大。这个是我和一些同志的共识。我觉得，你之所以请假想卸担子，原因也应该是在这里，你是怕辜负省委的期望，出了事担不起责！"

老苏久久地看着我，一句话不说。良久，我问他："你说，我说得对不？"

老苏一直不说话，过了很久他才握握我的手，算是表示了回答。

虽然，我对省委现在的决定持有自己的看法，但是在执行上还是不能与省委决定相背离。工作必须积极地、尽全力地开展。

"当务之急是另外找房子。"老苏提醒说。之前他和杨锡蓉同志假扮夫妻租住在二马路兴盛和杂货铺，现在梦谷来了，是真正的家眷，二人是真正的夫妻，如果仍然住在兴盛和杂货铺，以前有妻子，现在又换一个妻子，老板肯定会怀疑，所以不得不另外租房。

老苏十分尴尬，说："来万县以后，所有能变钱的东西都变成现钱开销了，现在就只剩下一床被子、一张床单，《国际歌》所唱的'不要说我们一无所有'，但实际上我却不得不说我们已经是'一无所有'了。"

老苏的意思非常明白，没钱租房子。

好在我还带了一点钱，立马在电报路四方井3号租了鸦片烟经纪人游某的两间房子，作为特委的秘密首脑机关。我以老苏弟弟的名义，同时把小交通员王牛儿从江边鸡毛店迁出来，和老苏他们住在一起，特委的首脑机关就这样组成了。

当然，老苏先前租的兴盛和杂货铺并没完全放弃。老苏有丰富的地下斗争经验。当初，他住进兴盛和杂货铺，没几天就和老板黄某混熟了，他说自己是宣汉的大粮绅、大鸦片商，也做银耳生意，常来万县，有时也去重庆。这次经朋友介绍来贵店住，感到很好，自己在万县熟人不多，还希望老板多多关照。店老板见老苏落落大方、彬彬有礼，的确是大绅士、大商人的派头，自然就不会慢待这样的贵客。现在退租，老苏就有了新的想法——把兴盛和杂货铺作为特委联络站。于是他对黄老板说，我家眷有喜了，准备送她回老家，以后来去无定。但是我住这里两个多月以来，感到很满意，不少的朋友都以为我要常住这里，所以他们有信件就都寄到这里，就麻烦黄老板代为收转一下信件。我呢，愿意为你的店铺做义务宣传，介绍客人来这里住。黄老板当即表示，十分乐意为老苏效劳。

兴盛和杂货铺作为下东特委和四川省委的交通联络站，不仅由这里收转上下级的文件和信函，省委和各县派人找下东特委联系工作，也都是先通过这里取得联系接头。

有声有色

在恶劣的环境里，下东特委为着配合鄂西“会师武汉，饮马长江”，积极而艰苦地开展工作，各项工作可谓有条不紊、有声有色。具体来说，做了以下工作：

首先是清理整顿组织。由于下东多次兵暴、民暴遭受挫折和失败，过去建立的党组织也遭到极大损失，下东特委成立，领导成员有了落脚点后，便积极抓组织建设。

恢复与重建的组织有：长寿县委，1930 年 9 月重建，书记刘明英；忠县行动委员会，1930 年 10 月建立，主席李家俊，不久调离，潘乾元接任；绥定（达县）县委，1930 年 10 月重建，由原梁山县委书记、三路红军游击队政治部副主任王炎离任书记。12 月，下东特委调王炎离到万县，原梁山县委委员陈克农代理县委书记；垫江县委，1930 年 12 月建立，书记黄启福；万县县委：1931 年 1 月重建，书记由下东特委委员李忠义兼任。

整顿和加强的组织有：开江县广福特支，书记蒋琼林；开江普安、宣汉特支，负责人傅卓仁；宣汉县委，书记修陶；大竹特支，书记张为铸；渠县特支，书记石攻玉。

与此同时，下东特委还派出朱友仁、李忠义、陶有德等人，去长江沿县的云阳、奉节和巫溪等地开展组织建设工作，在云阳确定了通讯员，并准备在奉节建立县委。

其次是建立军委，积极发动武装斗争。因为下东特委建立的主要目的是配合鄂西进攻武汉。因此，建立军委积极准备武装斗争，就成为迫不及待的工作。下东特委建立前，下东的多次兵暴、民暴运动遗留不少人员和枪支，有武装斗争的基础，下东特委成立的同时，特委军委就正式组建起来。军委书记陈劲言在极端困难的情况下，立即开展军事工作。首先，军委派得力干部去忠县、石柱一带加强秦伯卿领导的“共产军”的工作。

秦伯卿是1928年6月万县兵变的司令员，兵变失败，他幸免于难，逃回老家忠县石宝寨，于1929年7月组织起平民革命军，自任司令员。1930年8月上旬，第三路红军游击队东征，在石宝寨渡过长江后，秦伯卿即率领部队参加第三路红军游击队，任副总指挥。8月中旬，红军游击队东征失利，秦伯卿又返回原来的活动地区，重举义旗，组织起一支有四百多人的新武装部队，响亮地打出“共产军”的旗号。秦伯卿吸取两年多来搞兵变、农暴不断失败的教训，决心加强部队的军事训练和政治工作，因而向四川省委要干部。下东特委得到这一信息，决定把这支武装训练成素质较好的队伍，作为将来配合鄂西会师武汉的主要力量。对此，下东特委派出军委书记陈劲言、特委委员冯继希和党员廖时敏作为四川省委特派员，特委军委工作人员吴季侠作为下东特委特派员，去共产军中加强部队的军事、政治工作。

11 月 3 日，省军委派牛大鸣前往西界沱胡家大湾，传达了省军委关于整编共产军的决定，将共产军改编为四川工农红军第五十六师，秦伯卿任司令，吴逸僧任政委，潘元楷任参谋长。红军五十六师下辖三路军，各路军按“三三制”设大队、中队和小队。

第一路军司令为金克杰，政委为严振（严觉生）、李叔昭，一大队大队长为梁国华，二大队大队长为熊明炳，三大队大队长为谭安岚；

第二路军司令为鲁崇龙，政委为李叔昭、严振（严觉生），一大队大队长为金盛全，二大队大队长为陈凯，三大队大队长为张帜鲁（张职禄）；

第三路军司令为刘安邦，副司令为刘国辉，政委为张成碧，一大队大队长为周某某（外号烟灰），二大队大队长为何金鳌，三大队大队长为万某某（外号万老二）；警卫营营长为熊明炳

（兼），政委为金玉凡。

共产军扩军整编为红五十六师后，特委书记苏幼农向红五十六师传达了四川省委指示：迅速与红二军团会合。同时，遵照省行委指示，吴逸僧调离忠县县委，到红五十六师任政治委员。

令人痛心的是，吴逸僧、严振等人极度不信任从军阀、团防和土匪队伍中脱离来参加平民革命军的指战员。吴逸僧上任后，暗派金玉凡等人将鲁崇龙杀害，逼走第三路军正、副司令刘安邦、刘国辉，致使红五十六师内部一度混乱。为防止吴逸僧等人一错再错，给部队造成更大的损失，秦伯卿派人将吴逸僧等人监视起来。吴逸僧遂带领十余名政工干部和数十名武装战士，强行离开了红五十六师。

在得知红军五十六师发生内讧后，军阀王陵基立即派说客转告秦伯卿：只要投降，则许以旅长职位。湖北军阀徐源泉又以留日同学身份，以师长高位劝秦伯卿投降，均被秦拒绝。

红五十六师在秦伯卿的带领下，消除了内部分歧，战胜了军阀、团阀等国民党反动武装的“围剿”，顶住了高官厚禄的诱惑，并冲破层层阻力向鄂西挺进，向红二军团靠拢。

12 月 7 日，拥有一千多人、七百多支枪的红军五十六师，由石柱县西界沱胡家大湾出发，避开地主武装的攻击，改道王家坝、黄水坝，进入湖北省利川县鱼泉口。向光煊、苏志儒带领六十余名“八德会”会兵也赶来加入了红五十六师，被编入警卫营。

在前往鄂西途中，红五十六师收编了早有联系的湖北省利川县小河一带活动的瞿廷“神兵”队。不久，从军阀部队脱离出来的甘占元和张范成（又名张轩）两支部队分别与红五十六师达成了“统一行军，联合投奔红二军团，行军中互不干扰，不侵犯老百姓，共同对付军阀，固防武装”的协议，组成了一支三千余人的队伍，一路向鄂西进发。

这支队伍途经利川、彭水、黔江、酉阳、秀山、咸丰、来凤等地，行程五百余公里，于 12 月 20 日到达湖北红色苏区——鹤峰县。按照红二军团的指示暂住于毛坝一带。

随后，红二军团派宣传队带着大米、猪肉等慰问品慰问了这支队伍。24 日，红五十六师和甘占元、张范成的队伍按红二军团指示，全部移驻五里坪等候收编。红二军团领导人贺龙、邓中夏派独立团副团长文南甫到五里坪传达红二军团决定，将红五十六师和甘、张部队改编为中国工农红军第二军团第三路军。

料想不到的是，土匪出身的甘占元不服红二军团的决定，将两名前来传达指示的红军干部杀害并准备带队逃离。29 日凌晨，红二军团向甘占元队伍发起进攻。秦伯卿随即下令红五十六师堵住甘占元队伍的退路，迫使甘占元队伍全部缴械。

随后，秦伯卿与张范成分别命令部队将武器交给红二军团，原地待命。红二军团由于少数领导人受极“左”思想的影响，又未及时与四川省行委取得联系，故将秦、张二人的部队与甘占元的队伍视为一路，等同对待。秦、张、甘三支队伍原团（队）以上干部，以及秦伯卿、潘元楷等共产党员被枪杀。

获知以上消息，我和老苏以及许多耗费心血的同志无比痛心疾首。下东特委主要工作目的就是建立革命武装，支持鄂西“会师武汉，饮马长江”，然而秦伯卿与张范成、潘元楷等共产党员却壮志未酬身先死，确实令人万分痛心！

不说军队建设的失利，就说特委所做其他工作。在建设共产军的同时，特委也加强与王维舟的联系。王维舟是参与 1929 年 5 月一路红军游击队在万源县固军坝起义的组织领导人之一，1930 年 7 月，又参加三路红军游击队做副总指挥。由于他抵制当时东征去“会师武汉，饮马长江”的路线，没有同部队一起过长江，在 8 月初即离开部队，返回宣达城万一带，继续组织力量，拉武装，打土豪，并一直与四川省委保持联系。下东特委一成立，王维舟很快便与特委书记苏幼农取得联系。两人在万县晤面，王维舟将他打土豪获得的银耳、鸦片、金银首饰等送交下东特委，让他们变卖成钱后，汇兑或派专人送给驻重庆的四川省委，作为党组织的活动经费。同时，王维舟又在下东特委军委领导下，积极筹划如何在梁山、达县一带有武装斗争基础的地区，重举义旗，继续开展武装斗争。

为了掌握更多的武装队伍，特委还派人打进云安盐场护井武装。

云阳县云安盐场，是驻下东的军阀的军饷的重要来源之一，因此，护井的警备大队武力较强。下东特委决定掌握这支武装，四川省委便通过关系，派曾莱化名兰瑞卿去做警备大队副队长，积极开展兵运，在士兵中多方进行工作。

除了积极创建军事力量，特委还积极加强职工运动和学运工作。万县从1928年第一届中共县委成立起，对职工运动一直不够重视。下东特委成立后，根据省委指示，特别注意加强万县的职工运动，不少干部下到工厂、街道基层作工作，深入斗争实际，以加强对工人的教育和组织工作。如军委驻机关干部、之后任万县县委妇女委员的熊曼西，去火柴厂当女工，坚持同工人一样上班下班，团结教育工人；万县县委工运委员叶乃平，住在江边鸡毛店，白天出去拉黄包车，夜里又同苦力住一起，借机在车夫、苦力中开展工作。

在加强职工运动的同时，下东特委还注意加强学运工作。下东的最高学府是设在万县的四川省立第四师范学校。从1923

年肖楚女在这里当教员开始，就有共青团的活动，之后建立了党团组织。下东特委成立前，万县党组织虽然不止一次遭受破坏，但仍有一些党团员在活动。特委决定由万县县委委员赵鹤仙通过任二十一军团长兼万县县长高某的关系，去省四师当教员，在师生中大力发展组织，开展学运。

在开展上述各项工作的同时，建立交通联络站也是特委不可或缺的工作。

下川东特委建立后，要担负中共中央长江局与中共四川省委之间传递文件、信函的任务，是中央局和省委之间的中转站。苏幼农来万县时，省委给了他两个通信处，一作现用，一作备用。同时，老苏凭借自己的斗争经验，又建立了兴盛和杂货铺联络站，建站以后，许多通信往来和人员联络就都在这里进行。

下东特委的工作成绩突出，有声有色，但是我们的物质生活却十分艰难，捉襟见肘。有一天，老苏非常尴尬地对我说："治平，把你的长袍脱给我。"我一时间还没反应过来，好奇地用眼睛询问他"干什么"，他说他今天要去见一个有头有脸的人物，不能穿得太寒碜。

原来，我们已经没钱了，就连像样一点的衣服都被卖掉了。唯有我还穿着一件夹袍，这也是我最为体面的穿着了。老苏要出去见客，并且是有脸面的客人，他这样的大商人怎么能穿着寒碜呢，我明白了老苏的意思，就把夹袍脱给了他。大冬天，我没了夹袍，冷得打战，无奈我只能窝在床上，披着被子看文件、写工作计划和报告，或者写给各县的指示。就这样，凡是出门开展活动，我们俩就交替穿着夹袍出去，不出去的则只能窝在床上工作。

至于吃的，那更是寒碜。四个人，每天买两三斤芋头，掺半斤米或面，煮成一锅糊糊，撒点盐，既是饭又当菜。因为租房时，苏幼农向房东说自己是宣汉的大地主兼做鸦片、银耳生意。这么大的商人，怎么可能连饭都吃不起，所以，吃饭时不仅要关着门怕房东看见，还不能喝得响，以免房东听见后产生怀疑。每顿煮的饭太少，四个人不够吃，就互相推让。我和老苏想要照顾女同志和小交通员，抢先放碗，假装吃饱了。而黄曼谷和小交通员王牛儿说我们在外面东奔西跑工作负担重，想照顾我们两个大男子汉，也争相谦让。

其实，大家都没吃饱。加之经常工作到深夜，每个人肚子都饿得咕咕叫，实在饿得难受了，就用凉水充饥。艰苦的生活，确实难以言表。

铁骨铮铮

当下东特委积极开展工作和组织武装斗争时，军阀也在霍霍磨刀，准备向革命开刀。下东从 1928 年万县第一次兵变起，一直是军阀清共、剿赤的重点区域。

下东特委干部李叔昭是第一个被二十一军特委会叛徒侦缉组负责人郝蜀筠在万县街头逮捕的。李叔昭根本没有受刑吃苦就叛变投敌了，随后便带领手枪队队长贾永清和侦缉组的郝蜀筠等到处捕人。当他们在环城路遇到军委书记陈劲言时，叛徒李叔昭主动上去打招呼。按照组织原则，在大街上与同志偶遇，绝对不能互相招呼，但是李叔昭竟招呼着向陈劲言走去，富有工作经验的陈劲言见势不对，拔腿便跑，特务手枪队立即围上来，将陈逮捕。

陈劲言被捕后，首先想到的是同志们的安危。他做通狱卒的工作，通知有危险的几个同志转移，又用诗歌的形式，向党表达自己的忠贞和对同志的热爱：

C（“共产主义”的英文缩写），是我唯一的留恋者

她开辟了革命新纪元

唉！豺狼当道，猛兽横行

猎网四张，一触即获

不能任人俘虏，宰割

同志们，永别了

同志们，前进！前进！

1月28日，军阀将陈劲言押赴刑场，处以枪决。远远地，看着自己同志英勇就义，我心如刀绞。劲言同志临刑时，写下惊天地泣鬼神的《绝命书》，悲壮陈词：

江风狂怒号，遍地卷赤潮，万州洒热血，铸我杀敌刀。

洒热血鲜红，拼筋骨铁铮，迸自由之花，开光明之路。

之后重庆报纸披露，军阀王陵基向二十一军报告说：“由李叔昭等指捕之陈劲言一名，系军委委员，曾充（任）忠县暴动之参谋。自认入党工作不讳，但死不供出军事线索，经数日开导，犹倔强如故。并于禁押三大队时向兵士宣传共产主义，三师部以该犯怙恶不悛，即于1月28日执行枪决。”

陈劲言同志就义时，年仅二十二岁。

军委工作人员梁国华、熊明炳二人，先后被叛徒李叔昭等

指认逮捕，关在县衙内大监里，与杀人犯同牢。有一杀人犯入牢时，曾暗藏一把砌墙的砖刀，夜里便用砖刀将墙砖撬动，挖孔越狱，梁国华、熊明炳二人也随之逃出。离开万县后，两人又分别与组织上取得联系，继续参加革命斗争。之后，熊明炳在忠县，梁国华在万县，先后再次被叛徒特务吴季侠、李叔昭带领侦缉队指认逮捕，仍坚贞不屈，分别牺牲于忠县、万县，为革命献出了宝贵的生命。

风云突变

陈劲言、梁国华、熊明炳等同志铁骨铮铮、视死如归，他们的事迹可歌可泣。但也有人贪生怕死，丧失理想，成为可耻的叛徒，军委干部吴季侠便是其中之一。

由于军委工作人员李叔昭的叛变，军委书记陈劲言被捕并遭杀害，革命斗争遭受挫折，使吴季侠对前途十分悲观。吴季侠原是军阀刘存厚部的一个排长，后来参加一路红军游击队，失败后被派往下东特委军委工作，去秦伯卿领导的共产军做军事特派员时，又搞“左”的一套，引起秦部强烈反对，几致火并。他贪恋军阀部队花天酒地的生活，对革命斗争的艰险早已十分畏惧，看不到革命的前途。这时，特委又决定派他去云阳，协助曾莱搞士兵运动，他害怕当兵吃苦，甘愿认贼作父，自动向军阀屈膝乞怜，主动向军阀王陵基自首，并写下《自首揭发书》作为向军阀的进见礼，把下东特委所有的领导干部及工作人员全部出卖了。

于是，敌人倾巢出动，先后逮捕了特委委员冯继希、朱又新、李忠义，万县县委委员朱友仁、赵鹤仙、叶乃平、熊曼西等，以及一大批基层的党团员近百人。

2月8日，特委书记苏幼农被捕。

当时，我从重庆出席团四川省第一次代表大会归来，向老苏传达了会议精神。老苏觉得相关会议精神也值得在特委传达。2月7日，梁山县委书记来万县向下东特委汇报工作，接头地点自然是在兴盛和杂货铺。老苏决定办个临时训练班，让特委和万县县委的部分委员、梁山县委书记等参加学习，同时准备宣布派吴季侠去云阳的决定。后来才知道，通知吴季侠参会的时候，他已经投敌叛变，特委在联络站兴盛和杂货铺开会，正好中了吴季侠的奸计。

按照行动原则，老苏前去开会，必须在规定的时间归来。如果在规定时间不能归来，特殊情况下除了安排人通知知情的同志，一般超过时间就要提高警惕。当晚，和老苏约定归来的时间是凌晨1时。我和黄梦谷在住处忙于整理材料，王牛儿则在住地附近监视，等待老苏归来。

半夜过后，我们仍在住地盼望着老苏回来。一般情况下，老苏都会在规定时间提前回来，极少有延时归来，这主要是为了减少同志们的担心。

我们眼巴巴地盼着老苏归来，时间分分秒秒过去，却一直没有老苏归来的消息。军委书记陈劲言就义以后，我们的处境已经很艰难，我们在思想上做好了随时应变危险的准备。我们希望老苏安全归来，但直到凌晨1时，老苏也没有归来，也没有人通知我们。

黄梦谷最为担心，我也毫不例外，王牛儿多次进门来，要求去兴盛和杂货铺查看。王牛儿毕竟太年轻，经验不足，我不同意他去。黄梦谷是年轻女同志，深夜更不方便出门，关键时刻，我决定去兴盛和杂货铺查看。

凭着一个多月以来对万县城区环境的熟悉，我避开可能被人发现的街道，摸黑抄最隐秘的小巷来到兴盛和杂货铺所在地。经过观察，杂货铺毫无动静，我断定会议已经结束，老苏可能已经回去住地。于是，我连忙往回赶，但老苏并没有回来。见到我的时候，黄梦谷、王牛儿和我一样，我们感到老苏出事了！

不能有丝毫犹豫，我们决定连夜离开万县。住地凡是可以打包的东西，我们一人打个包，通通拿走。我们对房东说，快过年了，我们要赶回家过年。因为离家路途远，得起早赶路，还说，过了年再来。房东说，你们刘老板呢？我们说，刘老板去重庆，顺便已经回老家过年去了，正是他来信叫我们回去。

离开电报路四方井住地，我考虑还有工作必须马上做，决定先找地方藏匿。于是，我们来到万县天生城的一个庙宇，在庙宇暂时躲藏。

然后，我找地方给省委打电话说明情况，省委指示我们赶回重庆，向省委汇报。我们觉得每个人扛个包袱，行动很不方便，决定把包袱里的东西卖掉。为了筹集路费，我把订婚戒指和手表也变卖了。

此外，还有一个重要的事情是给下东各县写信，说明特委书记苏幼农可能出了问题，告诫各地提高警惕。各方面布置妥当，三天以后，我们才租了一艘小船，准备赶回重庆向省委汇报。

屋漏偏逢连阴雨，行船又遇顶头风。我们乘的小船到丰都过夜，因为船小人少，一股土匪冲上船大肆抢劫，抢光了所有乘客的物品。最为可恨的是，土匪见黄梦谷年轻漂亮，竟然把她抢走，声称要把她拉上山去给他们头儿做压寨夫人。

当时我和王牛儿十分气愤，真想一枪一个打死这些为非作歹的土匪。但是我们既没枪，又势单力薄，无论我们怎样要求土匪放了黄梦谷，土匪就是不肯放人，说什么要放人，得到山上向他们头儿求情。

"这帮土匪！"我恨得咬牙切齿，但是却奈何不了他们。土匪拉着黄梦谷在前边走，我叫上王牛儿："走，跟上他们！"

我压住心里的怒火，老苏已经出了问题，生死未卜。如果老苏牺牲了，他爱人却在我面前被土匪抢去做压寨夫人，我怎么对得起老苏，又怎么对得起黄梦谷同志？土匪也是人，我不相信他们有多凶，我得跟上去，跟土匪头子较量，见机行事，救出黄梦谷！

土匪们拉着黄梦谷在前边走，我和王牛儿在后边跟，土匪嘻嘻哈哈嘲笑我们，说：“来吧，一起入伙，我们头儿不会亏待你们！”我突然想起丰都是二路红军游击队活动过的地方，土匪不会不知道红军游击队，我灵机一动，放开胆子高声叫喊“你们赶快派人回去告诉你们头儿，就说二路红军游击队队长余治平要见他！”我这一喊，土匪们真还愣住了，他们一个个面面相觑，不知如何是好。我乘机又说，你们离开船上的时候，我就已经通知我的人去搬部队了。我知道你们的老窝在龙头山那个破庙里，不出两个时辰，我们的队伍就来了，如果你们不想惹上麻烦，就赶快把人放了。要不你们就赶快去报告你们头儿，就说游击队长余治平要见他，不要等到我的部队来了，局面就不好收拾了。

我的一番话，还真起了作用。土匪中两个像是小头儿的人咬咬耳朵，其中一个说：“姓余的，我相信你不是什么普通人，要不你没有这个胆量跟着我们。我实话告诉你，我也曾经在你们游击队里干过，只是受不了你们那个纪律我才离开了。好了，我们把人放了，我们井水不犯河水，各走各路！”

就这样，土匪放了黄梦谷，我们说了一些客气话，赶快下山。因为没有钱，我们不得不一路行走一路讨要，而且为了躲避敌人，我们选择了白天藏匿山林，晚上再赶路，千辛万苦终于到了重庆找到四川省委。

我们找到省委的时候，万县县委书记李忠义居然早于我们来到重庆，向省委汇报了万县的情况。据他说，万县特委军委干部，也是特委交通站长的吴季侠叛变了。因为他是特委交通站长，熟悉特委各方面的人员情况，他还写了自首书，把特委干部和工作人员的情况全部提供给了二十一军侦缉队。侦缉队到处抓人，万县特委许多人被抓完了，而且特委书记苏幼农被抓，也叛变了。

我向省委反映苏幼农可能出了事，但是否叛变则说不清。因为苏幼农出事以后的三天里，我还在万县，当时万县方面基本没有什么动静。至于我们离开万县以后发生了什么，苏幼农是否叛变，尚且说不清，因此不宜过早下结论。

随着时间推移，省委掌握的情况表明，下东特委2月底已遭到彻底破坏。王陵基先后所破获的机关，有下东特委各学校和工人、农民支部等，有计划的抓捕行动达十二起，与下东特委有关联而被捕的近百人。之后王陵基将其中四十六名重要政治犯从万县押解至重庆二十一军军部，由特委会审讯后，一部分人叛变投敌，做了职业特务，如李叔昭、严觉生等；另有十七人如朱又新、叶乃平、梁佐华、熊曼西、陈良、潘乾元、金盛全（金矮子）等，则被判处徒刑；其余数十人或以学生年幼无知，一时不醒悟而被诱惑，或为厨役卜筮，有反动嫌疑，具保释放，发交原籍。

正是因为下东特委遭受彻底破坏，而苏幼农不知去向，省委在综合李忠义反映的情况后，为了安全，即把苏幼农的情况通报全省，并向党中央报告，开除苏幼农的党籍。

开除苏幼农的党籍确实令我遗憾，但确实没有办法，省委的决定，尤其是省委领导决心很大。虽然有同志提出异议，包括我在内，都希望缓一缓，观望观望，但是省委主要领导还是断然要求开除苏幼农党籍。黄梦谷得知这一消息，表示不可理解。但在苏幼农没有现身之前，她也不能确定苏幼农到底会怎么样。不过她在心底里相信苏幼农不会背叛革命，她说，她要等他，等他回来问个明白。

为了降低吴季侠等叛徒造成的损失，把黄梦谷送到省委后，我决定返回万县，尽一切可能通知还没暴露的同志提高警惕，暂时隐藏起来。

“什么，你还要去万县？”女友余泽云十分惊讶，“万县的党组织已经遭到严重破坏，这一去等于是往虎口里钻嘛！”

“就是虎口，也得去拔它几颗牙！”我决心已定，必须去。女友不好明说阻拦，眼里含了泪水，说：“万一你回不来，我们结婚怎么办？”

“放心，不会回不来！”

“我说的是万一，万一回不来……”余泽云感情很脆弱，话到这里，泪水已经滚了下来。

我本想安慰她，在口袋里摸摸，原想摸出给她准备的订婚戒指，手都已经伸进口袋，才想起在万县的时候为了筹集路费已经把戒指卖掉了。当我的手指触到准备给她留作纪念的照片时，我想还是不着急给她，给了她，她时时看到我的影像，反倒心理负担更重。于是我缩回手，决定回来了再把照片给她。

返回万县半个多月，我跑了很多地方，凡是与我有联系和经我发展的党团员，能找到下落的基本都找了，通知他们隐蔽暂缓开展活动，听候省委后期安排。此期间，曾担任特委交通站长的叛徒吴季侠，带着特务四处活动，到处抓人，我在万县的处境非常危险。一方面，要尽快、尽可能找到我们的同志，通知他们及时隐蔽，最大限度减少损失；另一方面，又要时时处处提防被叛徒吴季侠等特务盯住。我们发展的党员、团员，绝大多数都是有一定知识的青年，因而他们的活动环境也就比较广泛，不可能是一家一户、一人一地的农民，要去通知他们，自然就有很大的风险。为了降低风险，我几乎都是夜里行动，翻山越岭，因而迷路的情况几乎每天都有发生。后来，我想到万县城里特委曾经的联络点，觉得那是同志们前来万县的必由之地，于是就决定守株待兔，死守严防联络点。我选择了很多个观察点，阴沟、茅坑都曾“蹲守”，十余天里，成功地“阻拦”了三名同志免遭特务毒手。在我看来，就算有一名同志免于受害，都是莫大的成绩。半个多月的时间里，饿肚子、蚊叮虫咬自然不在话下，污泥粪便满身，臭不可言亦无须理会。心里唯有一个信念，为了少一个同志受害，无论什么样的苦难，必须咬牙忍受！

当我再次回到重庆，重庆刚刚发生寮叶巷事件。随着环境恶化，不少党团员被捕。令我痛心的是，女友余泽云居然经受不住恐吓，很快就出卖了自己。这样的人失去了也无须心痛。我本想把那张照片毁了，想想没必要，那是我自己的照片，干吗要为一个革命意志不坚定的女人毁掉自己难得的照片呢?

欣喜的是，4月底，苏幼农意外地回到重庆，向省委讲述了他在万县被捕的详细经过。

不过，这时候，他还不知道省委已向中央报告开除他党籍的事。而本在接受甄别的李忠义（因李忠义知道吴季侠叛变后写悔过书的内容，省委对其产生怀疑）得知苏幼农回来的消息，伺机逃走，不知所终。

苏幼农讲述的故事

特委军委书记陈劲言同志不幸牺牲，给下东特委的工作带来很大的打击。特委决定派吴季侠和其他几名同志去云阳云安盐场抓紧搞军运，目的是及时地再建一支军队。特委决定对吴季侠等人进行培训，同时也传达余治平参加团省委相关会议精神。我本来是想叫余治平一块去，但是临到出门想想不妥，从安全考虑，我们活动时，人员还是分开为好。一般情况，晚上出去活动，约定 12 点之前归来，因为这天会议内容较多，就推迟一个小时，确定凌晨 1 点钟归来。

离开住地，我在熟悉的巷道里急匆匆穿行，很快就到了兴盛和门店。按照惯例，我跨进店铺，首先问老板有信没有，老板埋怨说：“你还问信呢，就是为了给你转信，昨晚我的后门都被打烂了。”

听老板这样一说，凭过去长期地下斗争积累的经验，我当即心里咯噔一下，知道昨晚店里肯定出了事，可能楼上住的参加训练班的人都被捕了。我没有丝毫犹豫，转身就想离开店铺。这时，藏在店铺对面的两个侦缉队员跑过来，掏出枪对准我，紧接着吴季侠不知道从哪里冒了出来。当时我还以为他是来参加培训，递眼色示意他快跑，然而他却笑嘻嘻地对我说："老苏不好意思，我已经反水了！"我朝他"啐"了一口，他厚起脸皮，说："李忠义、李叔昭都已经反水，特委完蛋了，你也反水算了。"我狠狠地瞪了他一眼，知道下东特委这一次损失惨重了。

就这样，我被逮捕了。

王陵基肯定是从叛徒李叔昭、吴季侠等人那里，知道我不仅是下川东共产党的头头，还做过共产党四川省委委员、常委和省行委候补委员。所以王陵基见了我无一错漏地说出了我的任职和活动情况。王陵基想从我这里打开缺口，破坏全川共产党的组织。他说他本想和我"深谈"，但是因为急于开会，于是，叫吴季侠出面，先和我谈谈，希望我反水转向他们。

我没有想到的是，吴季侠居然摇身一变完全成了军阀走卒。他一副军阀走卒的口吻对我说："我们希望你同我们合作。这不仅是因为你知道下东共产党的组织。而且你曾做过共产党川东特委和自贡特委书记，既是川南巡视员，又是四川省委常务，还领导过第七混成旅及暂编第一师共产党的活动，更是直接领导过江巴县委，你晓得的情况太多了。我们希望你能供出全川共产党的组织。这是你立大功的好机会，可做大官，至少给你一个旅长甚至是副师长的职务！”

吴季侠也太把自己捧得高了，好像这里就是他的天下，他想给别人封多大的官就封多大的官。我鄙视地看着他，心想如果有可能，我要亲手宰了他！

吴季侠厚颜无耻，接着说：“我们正计划派人直接到下东各县，准备把共产党一网打尽。只要老苏你跟着我们一起干，你、我、李叔昭、李忠义，一起到各县，绝对能把共产党一网打尽！”

面对吴季侠的无耻，我十分担心，担心各县党组织正面临严重的危险局面。我清楚地知道，下东特委成立前后，因为李忠义熟悉各地情况，曾三次指派他去各县进行联系和巡视，对各县的组织情况十分清楚，而吴季侠在秦伯卿的共产军做特派员时，对忠县、石柱、丰都的组织也是了如指掌。前不久，特委派他去重庆向省委送经费时，又顺路去了长寿、垫江和梁山县委。更糟糕的是，他是特委交通站站长，掌握各地联络信息和渠道，对组织危害极大。正是因为李忠义、吴季侠对各县情况十分了解，吴季侠才敢说出一网打尽的话来。

我在心里暗暗叫苦：下东特委，正在面临灭顶之灾，省委寄予的莫大期望，现在就要毁于一旦，我真的是成了千古罪人！

就在我内心焦急如焚的时候，吴季侠继续说："万县准备成立'川东清共委员会'，王师长打算由你负责。这真是极其难得的立功机会。你好好考虑考虑吧！"

吴季侠走后，我内心翻江倒海，想了很多很多。想来想去，我打算以"假投降"来迷惑他们。

我当时的打算是先答应"叛变"，但要他们不忙着到各县去抓人，而是由我通知各县党、团组织负责人来万县开会。这样才好一网打尽，也不至于走漏消息，影响破坏全川中共组织的大计划。

我当时想，这样做，首先是给我妻子黄梦谷和余治平赢得时间。因为按照约定，他们见我没有按时回去，一定会明白我出了事，必然要采取紧急应变措施通知各地。同时，我也可以在发往各地的"开会"通知中做手脚，暗示特委出了问题。因为我们规定，凡是开会发通知，一方面要写明信，另一方面还要用特殊手段写暗语。更重要的是，必须用我特别的手法署名，这个署名只有我才会制作。

为了实行"假投降"计划，我可以说绞尽脑汁做了周密的考虑，力求既不使革命受到损失，又能让敌人中圈套。要做出这样的决定，我当时还有两点顾虑：第一，我怕他们逼我公开登报反党，因此我的想法是，要他们绝对保密，以便抓住下东各县负责人后立即前往重庆破坏省委，抓住省委破坏全川。如果公开登报，消息走漏出去，即使能破坏下东特委以及各县的党组织，也难于破坏四川省委。第二，我还害怕省委听说我叛变，不明真相，开除我党籍。

但是我转念又想，这是没有办法的办法，只要能破坏敌人的计划，保全了下东组织及革命，报了仇，解了恨，就是死也心甘。我相信省委是会认真甄别的。

有了充分的思想准备，第二天吴季侠又来找我谈话，我便佯装答应考虑考虑。之所以说考虑考虑，实际上是在拖时间，我希望我妻子黄梦谷，还有余治平因为我没有按时回去，赶快采取行动，通知下边各县提高警惕。

第三天上午，吴季侠再来的时候，我考虑到余治平和黄梦谷应该撤离并且采取了相应措施，也不便再说考虑考虑，老是说考虑考虑反倒会引起他们怀疑。因此，我答应同他们合作。于是，我立即接受了他们的种种讯问，回答了关于下东特委的种种问题。当然，我却隐瞒了特委机关的住地——电报路四方井 3 号。这是因为，我担心余治平、黄梦谷和王牛儿他们万一老是在那里等我就不好了，所以无论如何不能透露他们的住地。

王陵基表示同意我“不公开登报和由我发通知给各县”的要求。当天下午，我就在叛徒吴季侠等人的陪同下，走出王陵基的司令部，住进另一叛徒新开设的米铺楼上，接受军阀部队的秘密监控，并坐下来写开会通知。

根据王陵基的安排，叛徒李忠义来到我的住地，和我一起向下东各县写信，以召开会议为由，要各县共产党负责人来万县，好将他们“一网打尽”。

王陵基这一手，实际上是派李忠义监视我，怕我搞假。写信的时候，先由李忠义写明信，也就是随便写一些无关组织的内容和问候，或者商谈一些经商事务。然后，由我在明信的字里行间用米汤写上密信，写明来万县的时间和开会接头的地点。

最后，也是最关键的一环，那就是签上我的名字。以往写密信签名，原则上只有我一个人进行，别人都不知道。签名时，先是签上“项鼎”，再加上 aihusu（苏爱吾）三个字的英文花式签名。因为李忠义不知道我以前的签名方法，所以这次密信的签名，我便全部使用写明信的签名“夏东威”。“夏东威”是“下东特委”的代名。

我之所以改变密信的签名，是希望收信的各地县委能判断出开会的通知是假的，从而提高警惕，防止危险的发生。

为了给各县创造更多得到真实通知的时间（我一直认为，黄梦谷、余治平他们在我没有按规定时间回去的情况下，会及早撤离，并尽快给各县发去报警信息，在我的所谓通知还没送达之前，各地县委会收到余治平给他们的报警信息，从而早早撤离或隐蔽）。正因为这样，我写信的事进行得很慢，我以米汤不干不能签写密信为由，磨磨蹭蹭一个上午只写了两三封。中午，李忠义说要回去吃饭，约定下午继续写。

到了下午 3 点多钟，李忠义还没来，吴季侠却匆匆忙忙来告诉我说，重庆二十一军特务委员会来电报，指定苏幼农和李忠义上重庆去“特委会”，傍晚上船，第二天一早开船，并由手枪队一班人押送上船。

我说，我要给下边各县写开会通知怎么办。吴季侠说，暂时不写了，去了重庆肯定会另有安排。吴季侠拿起已写好的三封信，说这几封信他来处理，并指着写给“兰瑞卿”的信说，这个人我怎么一点没有印象。我说那是我布置的，你当然没有印象了，你只管把信发出去，他就会来开会。

我现在更加担心，二十一军特务委员会让我和李忠义去重庆，肯定是想利用我破坏省委。无论如何我不能去重庆，我得见机行事，即使跳进长江淹死，也不能让他们的阴谋得逞。主意打定，我决定以死明志。我思考着跳江的问题，下了必死的决心，心里反倒感到一丝轻松的快意。

不知什么原因，李忠义找不到了。手枪队班长四处找不到李忠义，只好亲自去修改押送公文，并叫吴季侠来告诉我做好上船的准备。就在这当口，吴季侠告诉我，省委又派人来万县了。我问吴是怎么知道的？他回答说，刚才他去兴盛和联络站收取信件时，收到了省委来人的信，这个事情他还没向王陵基报告。

我十分清楚，而今的兴盛和联络站，已经变成军阀逮捕共产党的联络站了。前几天我刚被捕，四川省委派来下东特委做秘书长的梁佐华到达万县，去兴盛和找组织联系时，就被等候在那里的侦缉队逮捕。这个事情正是吴季侠告诉我的。今天，四川省委又派人来，岂不是自投罗网？我为省委来人的安危着急，忙问："来人是谁？"吴告诉我："罗南辉、其俊，现在住在三马路一家客店中。"罗南辉是我找省委要的军事干部，代替已被害的陈劲言做下东特委军委书记。我想，绝不能让老罗落进军阀的圈套，得想法把万县的险情告诉他。于是我对吴季侠说，上边来人，多半会带点钱来，如果罗南辉被抓，他带的钱肯定会被没收，何不在罗南辉还不知道我们真实身份的情况下，假借看看罗南辉的名义，向他借点钱，想必他不会不答应。吴季侠说他也这么想，于是我们就往三马路去，说好回头再来收拾东西，傍晚去上船。

来到三马路的那家客店，见了罗南辉、其俊，我一直想告诉老罗关于吴季侠叛变的事，但吴季侠就站在身边寸步不离。

于是我们东拉西扯，一直等到电灯亮了，吴季侠突然想起上重庆的事，“哎呀，该上船了”。于是我们匆匆告别。吴季侠走在前，我随后出门，趁回身与罗南辉握手的机会，我使劲握了罗一下，并悄悄告诉他：“吴已叛变，赶快跑！”说这话时我还特别递了个眼色，转身就走。吴季侠见我回身告别，也退回来和罗南辉他们握手。罗南辉他们住在旅馆楼上，我快步走下楼梯，吴季侠也跟上来，他还没下完楼梯，站在梯子上面说：“唉！忘了借钱了。”接着吴季侠说：“走走走，转去！”我推口说：“说实话，借钱我还真的不好开口。还是你去吧，就说是我找他借。”

吴季侠一边说“你等等”，一边马上转身上楼去找罗南辉借钱。这个时候，我没有丝毫犹豫，拔腿就跑，趁着夜晚来临，赶快逃进附近的巷子。

我一口气跑回电报路四方井 3 号特委机关住地，推门进去就往后房跑。房里一个人也没见，所有的东西也没有了。我猜想，黄梦谷、余治平他们一定是撤离了。我返身又要跑，住前房的房东一看是我，大吃了一惊。房东说：“你不是回家过年去啦？”我心里想，余治平他们见我没有按时回来，撤离时一定是告诉房东说我回家过年去了，于是我顺着这个思路说：“我在路上被土匪抢光了，所以回来阻挡他们不要回去。”接着我问：

"后房的人呢？"房东说："自从你回家过年后，他们也动身回宣汉去了。"我说，怎么我在路上没碰见他们呢？他们一定是在万县一户亲戚家耽搁了，我得赶紧去找他们。话说完，我慌忙告辞出来，一路往梁山方向，连夜逃离了万县。

我猜想，罗南辉、其俊肯定都被逮捕。非常凑巧的是，在逃到梁山大坪的一个幺店子，我居然碰到从云阳盐场搞军运脱险而来的曾莱。于是，我们结伴同行，互相述说了各自脱险的情形。

据曾莱说，他突然收到开会通知，奇怪的是，以前的通知密签一直是"项鼎"加上 aihusu（苏爱吾）三个字的英文花式，而他收到的通知却是"夏东威"，因而他觉得这个很不正常，猜想有人冒充制造假通知。并且感觉这是危险的信号，因此他决定赶快离开盐场，回万县探听情况。不料，他还没走，就又接到一份二十一军第三师师部发来的电报，指令捉拿在盐场警备队中开展活动的共产党兰瑞卿。这个兰瑞卿就是曾莱。因此，曾莱毫不犹豫，当即就逃跑了。

显然，叛徒吴季侠只晓得下东特委领导的兰瑞卿在云阳盐场搞军运，却不知道兰瑞卿就是曾莱的化名。于是，吴季侠一方面把开会通知发给兰瑞卿，另一方面又把情况报告了上边，所以驻万县的二十一军第三师师部发电报去云阳捉拿兰瑞卿。

在盐场警备队担任副队长的曾莱恰好接到这份电报，结合那个奇怪的开会通知判断：万县党的组织一定出了问题。

曾莱逃离云阳，从陆路经万县探听了一下情况，确信万县出了问题，准备去重庆找四川省委。事有凑巧，竟与我不期而遇。

我和曾莱逃到梁山躲了几天。因为情况已经明了，曾莱就不再去万县，而是留在梁山等待省委重新安排。我则一路上躲躲藏藏，走走停停，一个多月了终于回到重庆。

并非附记（二）

苏幼农向省委汇报了特委遭破坏的情况以及他脱险的全过程，理论上完全说得通。余治平（余国祯）和黄梦谷也感到，苏幼农确实没有暴露电报路四方井三号特委机关住地。当时，余治平他们躲藏在天生城处理物品时，还去特委机关住地打探过，那里一直没有任何动静，表明苏幼农没有暴露特委机关住地。

对此，余治平和黄梦谷向省委解释，希望重新考虑对苏幼农的处分。苏幼农也恳请省委调查，并要求派他到任何工厂、农村去工作以接受考察，只求不脱离革命队伍。但省委因刚发生了寮叶巷事件，正忙于从重庆搬往成都，无法在严酷的白色恐怖环境中进行这类调查，只同意将他的申诉上报中央备案，并让他留下永久通讯处以保持联系，听候省委在有条件时重新调查处理。

苏幼农作为“职业革命家”，亦即无社会职业的革命家，自从参加共产党革命后便断绝了以往的各种家庭、社会关系，离开了党组织便难于生活。此后，他只能在坚信他没有叛变的几位地下党同志资助下勉强度日，吃尽局外人难以想象的苦头，仍矢志不渝地追随共产党，自觉为中国共产党的伟大事业做力所能及的工作。

下东特委遭破坏后，苏幼农反映，曾莱在梁山等候省委安排工作的情况，省委决定成立梁山中心县委，由曾莱任书记，王希伯任组织部部长，金方勋任宣传部部长，杨锡蓉任妇女部部长，陈平三任团中心县委书记。蔡奎参加梁山中心县委为常委（后为书记）；中心县委机关设在虎城沙石坎汪国清家。蔡奎专事武装斗争。

曾莱长期搞农运，具有农运工作经验，曾被广大群众誉为“农王”。于是，他带领中心县委一班人，一头扎进梁山与达县交界的虎（城）南（岳）地区，积极发动群众，广泛开展农民运动，很快便组织起大大小小的农民会，又积极着手建立革命根据地。经过四五个月的艰苦工作和激烈斗争，终于在虎城寨、南岳场、大树坝一带，开辟了百余里的赤色区域，虎南区的农会组织发展到八个，有两千多会员；黄大区农会发展到十多个，有一千多会员。

中心县委与王维舟取得联系后，即组建了“川东红军游击队新编第一路”，王维舟任总指挥，乔典丰任副总指挥，蔡奎为政治委员。梁山、达县、开江边境的虎城南岳一带，重新燃起了农民武装斗争的烽火。

四川省委书记程子健去实地巡视，在南岳场听了曾莱的汇报，对梁山中心县委就建立革命根据地客观条件的分析及斗争步骤的安排，十分赞赏。程子健向省委汇报后，省委完全同意梁山中心县委关于建立革命根据地的规划及做法。

然而令人痛惜的是，1931 年 8 月，正当梁达赤区革命斗争蓬勃发展的时候，混入革命队伍的敌人也在疯狂地施展鬼蜮伎俩。中心县委宣传部部长金方勋（绰号金长毛），勾结吴光辉、金大发等组成阴谋集团，大肆进行反党、破坏党的罪恶活动。1931 年 8 月，金长毛和吴光辉、金大发经过一番密谋，把中心县委组织部部长王希伯骗到石关门残酷杀害。不久，中心县委书记曾莱、妇女部部长杨锡蓉也被秘密枪杀。梁山中心县委遭受了前所未有的重大损失。

怀想引路人

我和蔡涛在自贡被捕关押期间，并不是轻轻松松地在监狱里享福。两个多月时间，我不知道被提审了多少次，挨打——主要是挨皮鞭，可以说是每审必挨。释放出狱的时候，我已经是遍体鳞伤，体无完肤。好在皮鞭未能伤及筋骨，虽然疼痛并留有伤痕，到底还能走动。所以出狱后我便历尽艰辛回到老家南津驿，一边养伤，一边等待组织另行安排工作。

在家三天，我根本不敢出门。母亲告诉我，家里经常有人来查询，追问我的去向。母亲心疼地问我，你身上的这多伤痕，明眼人一眼就能看出来，是被皮鞭或是竹篾片抽打的。你给娘说清楚，这个到底是怎么一回事？

我不能隐瞒母亲。我告诉她，我坐了牢，身上的伤痕，确实是皮鞭，也有竹篾抽打留下的。“为什么呀，儿子？”母亲满眼泪痕，毕竟，儿子是她身上掉下的肉，老人家心疼呀！

我说，我做了一些让他们反感的事情，主要是为穷苦人说话办事，他们就把我抓来关起，还打我，把我打得体无完肤。母亲说，为穷人说话，为穷人办事有啥子错呢，凭啥子就要坐牢，还要挨打？我说，说白了，我所做的就是要把穷苦人团结起来，推翻不平等的社会制度，建立穷人当家做主的新社会。母亲听得似懂非懂，说："娘相信你，相信我儿走的是正道。为穷人说话办事就坐牢挨打，娘也为我儿鸣不平！"

母亲姓胡，名叫胡光真。我们余家很穷，我爷爷是个拉船的纤夫，纤夫可能是世上最苦最累也是最穷的人。我父亲余炳章，不愿意走我爷爷的道路，不愿当纤夫——主要是我父亲的体质很弱，不是当纤夫的料，就去南津驿街上一家染坊做学徒。后来，我父亲经常担着挑子下乡，一方面把人家染好的布送到主人家里，一方面又把人家要染的布收起来，挑回染坊来染。周而复始，在杨家庵我父亲的身影就留在了母亲心里。据说，我外公看不起我父亲，主要是因为我父亲很穷。我外公家有田有地，日子比较富裕，不想让母亲嫁给我父亲过穷日子。但是母亲却看上我父亲的憨厚、诚实，执意要嫁给他。我母亲出嫁的时候，向我外公要嫁妆钱，说是要支持我父亲开染坊。我外公怕她拿了钱却不开染坊，于是就买了染料作为嫁妆，意思是逼我父亲开染坊。母亲嫁给我父亲以后，就借了街上一个富户几吊铜钱，租了南津驿正街几间铺子，自己开起了染坊。

余国祯父亲余炳章

1907年6月16日（农历丁未年五月初六），我在南津驿下场口的水巷子出世。后来，我母亲又生了二弟、三弟和四弟。开染坊的钱难以养家糊口，我母亲就在染坊前门和我奶奶一起纺纱织布，贴补家用。就这样，一家人的日子仍然非常苦，二弟、三弟生病，无钱请郎中抓药，先后都死了。我父亲借富户家的债务，因利滚利，一年又一年，债台越筑越高。有一年大过年的，富户唆使十几个地痞恶棍来家逼债，抢走了家里所有值钱的东西，更可恶的是趁机把染坊里给顾主染的布匹洗劫一空。我母亲抱着我痛哭，我父亲觉得“赔不起顾主的布匹”，十分绝望，就想跳进沱江一死了之。乡亲们发现我父亲跳江，都喊他“莫跳莫跳”，那时我七岁，跑到江边哭喊：“爹，你不死，我去找钱还债……！”我母亲也哭喊：“娃儿他爹，你死了，我和娃儿些也去死！”在我和我母亲的哭喊声中，我父亲没有跳江。

后来，还是我外公不断地支持，经常买了染料给我们家送来，加上我舅舅也跟着学习染布，我们家的染坊才慢慢地有了起色，日子也渐渐地好过一些。

我十岁的时候，看到有钱人家的孩子上学堂读书，我也想读书。但是我家穷，没钱供我读书，我常常跑去学堂偷看，然后就在沙滩上练习写字。我母亲看见了，觉得我可能是块读书的料，再说，那时候都说只有读书人才会有出息，所以我母亲就说，无论如何得让我读书。于是，我在私塾先生李辉典那里开始了启蒙学习。

我能认识的字越来越多，李先生家里有几本书，如《三国演义》《水浒传》《三侠五义》等等，我看了一遍又一遍，很多篇章我甚至能够背下来。自从我父亲被逼跳江的事情发生以后，我就在心里想，终有一天，我要做个侠客什么的，凡是天下不平事，我都要去铲除！

做侠客要有本事，我很想学习武功。学武功得有师傅，南津驿街上有武功的人都是那些有钱人或是他们培养的打手。我最恨的就是他们，不能向他们学习武功，就自己暗中比画，自己想些套路练习。但是毕竟师出无门，自己想的那些套路，关键时刻基本派不上什么用场。几个有钱人的娃儿常仗势欺人，殴打穷人的孩子，还欺负到我头上，我忍无可忍，凭着自己那点套路，打得那些娃儿屁滚尿流，狠狠地扫了那帮娃儿的威风。穷人家的孩子都很佩服我，常常和我切磋套路，在河滩上分扮各种打富济贫的游戏。

1924年，我考入资中县中读书，因家庭经济十分困难，初中一年多便无奈辍学。

余家染坊后景

辍学在家，十七岁的我，痛恨团总、稽查、袍哥舵头与街上恶霸相互勾结，就写了一份警告这个恶霸的密信，列了这个恶霸十几条恶行罪状，警告这个恶霸："尔等敲诈勒索，有朝一日，必将加倍偿还……"然而我的密信却被李辉典先生发现，他责怪我不该这样鲁莽，说我肯定是螳臂当车自找死路。先生劝我把密信烧了，要我"夹起尾巴做人"！

我怎么可能夹起尾巴做人？世事太多不平，我很想行侠仗义，铲除不平。然而就连一封密信都不能写，我还怎么行侠仗义，又怎么铲除世事不平？我很迷茫，不知前路何在！

恰在这时，少时好友洪沛然回南津驿老家过年，街上偶遇，分外亲热，我把他约到河滩，向他诉说了我的苦闷。

洪沛然家在南津驿上场口，也是开染坊。那年（应该是1919年上半年），洪沛然为了考中学，来李辉典先生这里补习中文，于是和我这个迟迟读书的学弟相识。沛然大我三岁，在我心目中，一开始他就像我大哥，他也待我像小弟弟。当时就觉得沛然大哥非常聪明，脑子里装了很多很多东西，而且很多东西都很新鲜，听了很受用。

后来，沛然大哥考取资中华美中学，每每假期我们也要相见，他脑子里新鲜的东西越来越多。我报考资中县中，也是因为他在资中，很想经常见到他，吸收他脑子里的新东西。结果我去资中读书时，他却已经毕业去了成都。

这次相见，沛然大哥脑子里的新东西不仅更多，而且极为新鲜，新鲜得令我心跳不止。我诉说了我在老家的苦闷，沛然大哥就叫我去成都，他说他在成都法政专门学校图书馆工作，我去成都，也可以在图书馆找事情做。还说，吃住都可以和他在一起。

后来我才知道，沛然大哥当时已经是“三民主义学会”的领导成员，经常组织青年团体，包括 CY 即共青团员宣传“联俄、联共、扶助农工”的三大政策。我和沛然大哥商议，过了年我就去成都。为了不让家里因为我和沛然大哥一起出走而责怪他，因此沛然大哥先走一步，我随后便去。当我准备离家前往四川走时，家住南津驿街上、开酱醋坊的曹荻秋知道了，也要跟着去。我担心沛然大哥那里接收不了，就叫他暂缓一缓。后来等我自己稳定下来后，就写信叫曹荻秋也到了成都，并且一起参加了沛然大哥组织的青年团体，成为他这个团体最活跃的骨干。

我在成都，通过沛然大哥多方努力，找到一个热衷办图书馆的专家穆耀枢，在穆耀枢所办的草堂图书馆工作。我一面工作，一面还到法政专门学校的图书馆去听课，从而丰富我的文化知识。

后来，我和曹荻秋在沛然大哥指导下进行三民主义（联俄、联共、扶助农工）宣传活动，并参加了共青团。再后来，沛然大哥领导中共成华县委工作，召集我和曹荻秋经常在曹的二哥——曹梓楠开的闭芳糖食店见面约会，商讨党内工作。不久我便由共青团员转为共产党员，参加共青团华阳县委领导工作，再后来又担任共青团川西特委书记。

回想沛然大哥，可以说他是我走上革命道路的引路人。我感谢他，是他使我的人生有了光辉和意义。为了穷苦大众摆脱苦难，不再遭受欺压，为了劳苦大众当家做主人，我坐牢算得了什么，即使献出生命，我也在所不惜！

白色恐怖下的明灯

在家躲藏的第三天，我幼时在河滩上的玩伴陈光俊悄悄告诉我父亲，说当年我企图警告的那个恶霸得知我在家里，已经举报了我，稽查的人晚上可能来抓我。我父亲叹息着告诉我说："你走吧，往后最好别回来，免得你娘担惊受怕！"父亲给了我一百枚铜钱，叫我赶快跑。当时我躲在下场口水巷子的老屋，不敢从正门逃跑，只好从后墙挖洞，爬到屋后的阴沟里，顺着阴沟跑到沱江边，然后逃离了生养我的家乡南津驿。

之后，我还回过南津驿，但是我没回家，更没和父母相见。那次路过南津驿，是四川省委被迫迁往成都之际。

1931 年 3 月 13 日，重庆寮叶巷二号，中共四川省委秘书处也即四川省委交通机关被破坏，省委巡视员饶耿之和总交通许仁智被捕牺牲。在此之前的 1 月 14 日，江北特支被破坏，书记和组织委员被捕，特支秘书曹雪樵（曹荻秋）逃脱。省委秘书处遭破坏，不少重要文件和联络通讯录被搜缴，不仅使四川省委交通机关遭受破坏，更使省委与各地基层组织的联络几乎中断，以致省委难以在重庆开展工作，决定迁往成都。临走之前，省委从宜宾、川南等地急调干部来渝，新组建了中共江（北）巴（县）县委。考虑到当时重庆城内反动势力的强大，斗争形势复杂，中心县委决定在城外建立一处秘密的联络点，以重新找回失散的地下党员，开展反对国民党反动派统治的斗争。

经过紧锣密鼓的考察，秘密据点决定设在拥有丝纺厂、炼钢厂，水陆交通都相对便利的磁器口地区。这里远离重庆城区，易于掩护和隐蔽。中心县委宣传部部长闵建勋提出，他家乡宜宾高县有一个堂姐，叫闵一涵，曾在重庆南岸又新丝厂当过工人，搞过工人运动，具有丰富的斗争经验，决定由她来担任地下联络站的工作。

受组织委派，我对闵一涵进行了严格的考察。闵一涵原名闵良厚，时年三十岁，受堂弟闵建勋的影响，她思想进步，向往革命。1930 年，她和七妹闵能厚在又新丝厂加入党组织，之后闵良厚改名闵一涵，她为人纯朴和善，忠诚可靠。

得到任务，闵一涵和七妹就开始在沙磁地区寻找合适的铺面当作地下联络站。她曾在南岸又新丝厂工作时认识了女工张八姐，知道她家住在磁器口金沙街，有间铺面要租。

实地勘察，这间铺面是一处老式的穿斗夹壁房，里外两间，不足二十平方米。铺面紧挨着四座丝厂，十分隐蔽，非常有利于开展工人运动和党的地下工作。

随着省委被迫迁往成都，省委成员分散行动，我也离开了重庆，踏上了去成都的路途。行进到资阳地界，我想起了父母，打算借机回家看看。然而当我走到离南津驿不远的一个幺店子，那里的人们却津津乐道说起南津街上到处都贴起悬赏捉拿共产党的告示。我想起我父亲曾经说过“往后最好别回来，免得你妈担惊受怕”。我决定不露面，只是在僻静处看一眼就行了。我选择在大白天去南津驿，因为一般人不会想到我大白天敢回家。

5月的天，还不太热，适合穿长袍。我戴顶礼帽，穿着长袍，一身士绅打扮。来到南津驿街上，已接近中午，正好染坊对面有一家茶馆，我进了茶馆，选择一个面对染坊的座位，要了一碗茶，眼睛看着对面染坊。

我母亲坐在染坊前门，正在纺纱。她专心致志，很少抬头。我一心看着我母亲，希望老人家抬起头来，能够看我一眼。但是我母亲心思全在纺纱上，偶尔抬一下头，也难看一眼茶馆。中午了，喝茶的人全都走了，我也不能久坐。我很想上前叫一声：“娘，我回来了！”但是我不能。这一次回来，还有没有机会再回来，实在说不准。

死是随时的事情，我突然有一种永远回不来的感觉。我想给生我养我的母亲留下一点念想。我想起我有一张照片，那是我去下东特委之后，女友余泽云写信向我要一张照片，我在万县照了照片，并买了一个订婚戒指，准备给女友寄去。然而还没寄出，下东特委就遭破坏，为了筹集回重庆的资金，我不得不卖掉戒指。回到重庆，我准备去重庆艺专学校见女友，向她解释戒指的情况，并把照片给她，然而可恨的是，组织告知，余泽云已经叛变，自然照片就随身携带。

现在，我决定把这张照片留给我母亲，给我母亲一丝念想。

照片本是裹在一张废报纸里，我拿出来看看，迅速裹好，走出茶馆。

余国祯母亲胡光真

中午，街上基本没有行人，我在街面佯装伸伸懒腰，抬抬礼帽，还比画了一个月亮形的手势——我之所以这样做，是希望我母亲能从我的动作中悟出我是他的儿子。因为我少年练武时，额头在桌子角碰了一条口子，形成一道月牙形伤痕，后来伙伴们叫我“月亮弯弯”，我母亲高兴时也叫我“月亮弯弯”。我比画月亮形手势，就是想让我母亲明白我的意图——我感觉，就在我比画月亮弯弯手势的时候，恰好我母亲抬起头看见了我。我母亲愣愣地看，街面不宽，我紧走两步，不为人知地把疑似废报纸的照片扔到染坊门口，然后快步向上场口疾走。我觉得，我母亲肯定看见了我。但是，我头也没回，径自走出了南津驿上场口……

省委在成都站住脚以后，为了掌握刘湘二十一军特务委员会的动向，减少我们党的损失，便派我化名杨建寒潜入二十一军特务委员会，再次来到重庆。

重庆唯一的、党的秘密地下联络点——金沙街，该地是军警特宪、封建把头和地痞流氓横行地，单单在这里进行地下联络有很大困难。经多方筹集，党组织拿出十块大洋租下一间铺面，闵一涵买来尺子、剪刀、针线，扯了些布，借来一个火熨斗，办起了裁缝铺。这个地下联络站主要任务是保存党交来的各种文件和武器，接待过往的同志，同时开展工人运动。我到重庆，有关工作任务也通过这里进行。

和闵一涵并肩作战的还有七妹闵能厚。她俩配合默契，为人热情、诚恳，不以赚钱为目的，主要面向街坊邻居和工厂里做工的工人，为他们精打细算，节省布料，很快就站稳了脚跟。

通过这个联络站，一大批进步工人进入丝厂当学工，很快在一些工厂内建立了“姊妹会”“互济会”，丝厂内还秘密设立了共青团支部，七妹闵能厚担任团组织负责人。地下联络站细致充分的工作，在工人中播下了革命的火种。联络站与工厂里的共产党员建立了密切联系，团结了一大批工人积极分子，开始领导当地的工人运动。

不久，经中共江巴中心县委批准，中共磁器口支部成立，闵一涵任支部书记，王国民和七妹任支部委员。这是沙磁地区第一个党支部，也是白色恐怖下重庆的一盏明灯！

这年 10 月，成功营救文强以后，我护送文强到成都，接受组织分配，担任团省委书记， 以在《成都快报》担任栏目编辑做掩护，积极从事更加艰巨的革命工作。

并非附记（三）

文强脱险以后，刘湘二十一军的特务委员会更加疯狂，“特委会”四处搜捕共产党人，破坏党的地下机关，还“悬赏”：捉获一个共产党员赏银圆一百块，告密赏银圆三十块。江巴中心县委书记马如龙在城里失踪后下落不明，县委秘书长、四名县委委员先后被捕牺牲，形势十分险恶。

即使如此，磁器口金沙街的这处秘密联络站依然巍然挺立，扎根在工人群众中。江巴中心县委非常重视地下联络站的工作。过了不久，重庆城里的党组织接连遭到破坏，江巴中心县委将一批文件和四支手枪秘密地转移到了地下联络站。

闵一涵很机警，她知道，如果有一天地下联络站被敌人破坏，将会带来严重后果。于是，她把文件和手枪隐藏在裁缝铺后面一个同情党和革命的老太婆刘江氏家堆煤炭的地洞里。

1932 年 2 月 17 日，江巴共青团团委书记郑余生和县委委员谢孟樵被捕后立即叛变，出卖了磁器口地下联络站。闵一涵等四人被捕。闵一涵等被关进了监狱，审讯时，闵一涵几个人都矢口否认自己是“共党分子”，敌人又拿不出证据，只好找叛徒郑余生前来对证。

郑余生也是宜宾人，闵一涵见到郑余生立即先发制人说：“郑二哥，你怎么这样做，我们一道出来学手艺，为了糊口才开个裁缝铺。你的黄三妹来搭伙，我没同意，你就这样整我们，你这个同乡怕是对不起人哟！”郑余生做贼心虚，也不好再说什么。

后来，敌人又陆续找来了叛徒指认，但是这些叛徒都不认识闵一涵。闵一涵的堂弟闵建勋（时任中共江巴中心县委宣传部部长，1932年任南充中心县委书记期间牺牲——作者注）积极找关系，让在国民党市党部当差的肖幼林出面活动。张八姐的父亲又联络丝厂几个老工人出具担保书，闵一涵等几位党员被关押数月后，终于全部释放出狱。

这期间，江巴中心县委一再遭到破坏，领导人杨仁杰、郑佑之、徐永棣、李家俊等都先后被捕并遭到杀害。涉险逃出虎口的闵一涵再次临危受命建立了另一联络站，但仅仅四个月，秘密联络站又遭破坏被迫撤销。上级决定，让闵一涵、闵能厚、闵建勋一起撤退到成都。

1932年10月，三人到四川省委报到，参加省委组织的为期一个月的理论学习。学习了一个星期后，川北农民爆发了“抗粮、抗捐、抗丁”暴动，那里需要干部，并指明需要两名女干部。省委立即派闵一涵、闵能厚去川北，九死一生的闵一涵又去了新的战场。

闵一涵和闵能厚来到川北地区的南部县升钟寺一带，投身暴动中的妇女工作，发动和组织妇女参加农会。当地人亲切地称呼她们为“大姐”“七妹”。

1931 年，省委和南充中心县委提出创建川东北苏区的任务，制订了《阆南游击计划》。升钟地区农民运动发展迅猛，成立了升钟区农民协会，辖升钟寺、唐家山、何家坪等八个乡农协，有会员两千余人，升钟特支改建为升钟区委，辖九个支部和剑南边区区委，到 1932 年发展党员一百多人，农协会员八千多人。中共南充中心县委分析了升钟寺的政治形势，决定立即爆发南部游击战争，布置地方暴动。省委派覃文、罗南辉到升钟指导工作，罗南辉担任中共南充中心县委军委书记，闵建勋担任南充中心县委书记。

在苏幼农讲述的故事里已经讲到，下东特委军委书记陈劲言牺牲后，罗南辉受党指派前往万县出任中共下东特委军委书记，和交通员其俊在万县兴盛和旅馆遭叛徒告密被捕。

在狱中，罗南辉机智地与敌人周旋，始终未暴露身份。在重庆“反省院”被软禁的一年时间里，他机智灵活地开展了孤立叛徒的斗争。刑期快满时，他又给“反省院”当局写信一封，要求不要释放他，以此迷惑敌人，结果很快被逐出“反省院”，达到了他早日回到革命队伍的目的。

1932年农历七月十四，升钟区委在旋子山召开军事会议，部署升钟寺起义，组建游击大队，在南部县警察局任局长的共产党员张友民任大队长，任足才任副大队长，汪治国作军事训练。

因不慎泄密，国民党南部县政府得知了升钟寺即将爆发起义的消息，便以催粮为名进驻升钟。安插在敌人内部担任区联防大队分队长的中共党员杜彦波，探听到敌人策划了一个阴谋，准备借升钟联防大队团总何义普娶儿媳妇之机，诱使张友民等到场赴宴，将其一网打尽。覃文等人召集升钟区委、区农协代表、各路游击队负责人在毗邻的皂角乡铁炉寺召开会议，研究对策，决定将计就计，把暴动时间提前在11月25日，由覃文、罗南辉、张友民、汪治国指挥。

1932年11月25日晚，起义队伍分三层包围升钟寺附近的山头和要道。汪治国、罗南辉带领五十多名突击队员经杜彦波带路潜入区公所，汪治国冲到区公所门口击毙哨兵，罗南辉带队猛攻保卫团营房。集结在场外的起义队员、农协会员在山头鸣锣呐喊助威，突击队员冲击保卫团营房，夺了枪支弹药，击毙伪保卫团中队长伏蕴山、大队长杜廷直、豪绅敬道周及负隅顽抗的士兵十余人。区公所文书王可跃拒不交出文件柜钥匙被当场处死，起义队伍将区公所封存的粮券和粮册、派丁册全部焚烧，缴获枪械一百八十余支，弹药数千发，衣物、被盖、粮食若干。

26 日拂晓，起义队伍开到铁炉寺整编为川北工农红军，成立总指挥部，张友民任总指挥，覃文任政治委员，罗南辉负责主持军事作战。

在升钟寺起义的同时，由共产党人郭海峰、宋江元等领导的三千多名游击队员和农协会员在保城庙也发动了起义，占领了保城区公所，随即上铁炉寺与升钟寺起义的队伍会师，与川北工农红军合编为三个大队。

27 日，总指挥部移驻蒙垭庙，一面进行军事训练，一面深入升钟、保城、皂角、向家坝、杨家坪、凤鸣、苟家沟等地发动群众打土豪、分粮仓，革命斗争轰轰烈烈。接着毗邻的剑阁县金仙场游击队和农协会员也举行了农民暴动。

升钟寺农民起义震撼了川北大地，南部县伪政府急派保卫团堵截。田颂尧急令所部罗乃琼师两个营和阆中、剑阁、苍溪、盐亭等七个县的驻军、保卫团进行围剿。驻阆中军阀罗乃琼师派张熙宇、廖维春两营和阆中保卫团向皂角进击。南部保卫团从大桥向观音场进攻。盐亭县和剑阁保卫团在大坪、店垭堵截。盐亭、梓潼县边联团向保城进犯。潼川两个连驻盐亭堵截。

红军总指挥部驻鹤鸣观，汪治国、任足才率二大队在铁炉寺一带抗击阆中之敌，罗南辉、杜彦波率一大队在苟家沟、观音场一带与南部之敌交战，郭海峰、宋江元率三大队在保城庙一带阻击盐亭县和剑阁之敌。28 日，南部、阆中之敌均被游击队打退。

29 日，红军在农协会员帮助下夜袭观音场敌军，缴获了一部分武器；郭海峰、宋江元与店垭民团发生遭遇战，罗南辉打援，缴获枪支百余，阆中保卫团也被转困皂角垭。敌军无法前进，不断增加兵源。起义队伍腹背受敌，各大队也先后失利，起义队伍被打散，伤亡巨大。总指挥部决定分散隐蔽突围，旗帜、印章、文件由张明佐秘密保存。覃文、罗南辉、李凡山、大姐（闵一涵）、七妹（闵能厚）潜往阆中绕道回南充。张友民和李载浦到南江任炜章部投身革命。

敌人在起义区域反复清乡，女游击队员张翠兰在突围时被捕，虽遭酷刑仍宁死不屈，惨遭凌迟，壮烈牺牲。

敌人重新占领了升钟，对起义群众进行血腥屠杀。吴龙骧带剑阁、苍溪保卫团攻下剑阁金仙场，斩杀游击队员二十多人，在蒙垭庙屠杀革命群众十六人，在张友民家乡放火烧民房七十二处。敌人在保城屠杀革命群众七十八人。反动派屠杀革命战士和群众二百八十余人，烧民房一千多间。升钟地区的革命斗争转入低潮。

……

作者附记——

升钟起义失败后，罗南辉被派到川军第二十九军从事兵运工作。1933 年春，当川军向川陕革命根据地进攻时，他率一个连的士兵在前线倒戈起义，参加红四方面军。

1933 年 10 月，罗南辉任新成立的中国工农红军第三十三军副军长，率部参加了川陕苏区反“六路围攻”，担任前线指挥，率部连续打退敌人二十余次轮番进攻，歼敌四个团，俘敌近两千，取得红三十三军成立后的首战胜利。之后，指挥该军两个团在宣汉以北、万源以南进剿反动会道门组织的川陕边反动武装“神兵”的作战，取得五战五捷、歼敌五千余人的重大胜利，有力保卫了后方的安全。

1935 年 5 月罗南辉参加长征，1935 年 6 月，红一、四方面军在四川懋功会师后，任红三十三军军长。在人烟稀少的藏民地区，罗南辉严格执行党的民族政策，积极开展群众工作，走村串户，收集、购买粮食，最大限度地保证了部队的需要。

1936 年 1 月，红三十三军与红五军团在四川丹巴正式合编为红五军，董振堂任军长、黄超任政委、罗南辉任副军长、杨克明任政治部主任。在甘肃通渭指挥作战中，罗南辉负伤。

1936 年 10 月，为掩护红四方面军主力北上与红一方面军会师，罗南辉奉命率红五军担任后卫。他躺在担架上指挥作战，在甘肃会宁华家岭一带阻击敌人。

1936 年 10 月 22 日，在会宁县中川乡大墩梁 (为华家岭支脉) 遭敌机轰炸，罗南辉壮烈牺牲，年仅二十八岁。

……

1933 年初，我受省委派遣，到川北巡视，主要任务是总结搜集升钟起义情况，并与南部中心县委于江震、何芗等到升钟恢复党组织和革命武装，重新建立升钟特区区委和游击队，开展灵活机动的游击战，继续坚持斗争。

我在川北完成了党交给的任务。回到成都时，不知道都鹤楼联络站已经遭到破坏，所以，我去都鹤楼时，被捕了。

最后的告白

非常遗憾，越狱失败，我被抓了回来。

“你就等死吧！”牢头恶狠狠地一边抽我耳光一边说。后来他觉得巴掌打得没力了，对两个看守说：“马上报告上边，明天枪毙！”

其实，他们抓住我的时候，已经打断了我的腿。

左腿断了，右腿也断了。

我感觉，腰部也中了枪伤，还有什么部位中了枪，说不清楚，总之浑身好几处都有枪伤。也许，有的枪子儿是在同一个枪洞钻出去，即使不在同一个枪洞，它们相距也是非常近，近得恰似枪洞挨着枪洞，两个或者三个枪洞形成了一个大大的洞口。

就是这样，看守们也没有放过我，一人架住我，另一人不断地抽我耳光。

他们的意思是，我的逃跑会影响他们，要么会影响他们的饭碗，要么会影响他们往上爬。不管影响什么，横竖他们很气恼，所以就发泄，就狠狠地抽我耳光。

我浑身弹孔，而且两腿都断了，奄奄一息。他们没有救治我，根本就没有救治我的打算。由此我想，这次他们必定要置我于死地，要么“听其自然”活活痛死我，要么正如那牢头所说“报告上边，明天枪毙！”

如果真是明天被枪毙，那么我的生命，就只能以小时，不，只能以分秒计算了！

虽然我浑身弹孔，伤痕累累，但是，我却头脑清醒。这恐怕就是临死前的回光返照。这让我想了很多很多，脑子翻天覆地，感觉无边无际！

我的脑海与朗朗乾坤随之旋转，渐渐地旋转到那样的一个时刻：我举起右手，庄重宣誓，“牺牲个人，努力革命，阶级斗争，服从组织，严守秘密，永不叛党！”

从那一刻起，我成为一名名副其实的共产党员。入党的那一刻，我真想拿起镰刀，不，真想拿起斧头，用上浑身的力量，狠狠地砸烂万恶的旧世界，把旧世界砸得粉碎！

然后，用镰刀割去杂草，在新中国的土地上建设我们理想的社会主义。无论在哪里，都会看到人们开着自己的工厂，生产着自己所需的产品；无论在哪里，都可以看到农民种着自己的土地，产出各种各样的粮食、蔬菜。

所有的劳动者，都愉快地享受着自己的劳动果实。没有剥削，没有压迫，所有的人民都是一家人。在那样的大家庭里，人们和睦相处，亲如兄弟，情同手足。

在辽阔的国土上，有我们自己的汽车，有我们自己的火车，人们坐在汽车或者火车上，扬眉吐气，笑语欢歌！

蓝蓝的天空，有我们自己的飞机，人们在蓝天翱翔，内心满足骄傲！

广阔的海洋，有我们自己的轮船，人们在大海游弋，满心里全是自豪！

城市，高楼大厦林立，乡村，别墅鳞次栉比。人们衣着光鲜，花团锦簇，五彩缤纷……

看着党旗上的镰刀斧头，我深深地思考着：我深信，社会主义美好的一天一定会到来。但是要砸碎万恶的旧世界，绝非一朝一夕，绝非一个人两个人，要靠千千万万劳苦大众的共同努力，要靠有人带头振臂高呼："拿起斧头镰刀，砸烂可恶的旧世界，割掉腐朽的野草！"

我要做这样的带头人。我知道"枪打出头鸟"，要带头就有风险，风险就是坐牢，就是砍头。我从举起拳头加入共产党的那一刻，心里就做好了随时随地坐牢的准备，做好了随时被砍头的准备。我坚信，即使我坐牢，被砍头，后面还会有成千上万的人潮涌般参与到革命的队伍里来。我的死将会激起更多的人为之觉醒，将会唤起更多的人走上革命道路。革命的人越多，旧世界被砸烂的时间就会越快。我更坚信，革命胜利必然是在不远的将来！

人为财死，鸟为食亡，这是千古不变的定律。不错，共产党人也为“财”，但是共产党人不是为个人的一己私利而谋财，共产党人是要为千千万万劳苦大众谋取幸福之财，要为千千万万劳苦大众解脱穷困、创造幸福。共产党人的最终目的，是要砸碎旧世界，建设劳苦大众当家做主的新世界。在这个新世界里，世间一切的一切，所有的所有财富，都是创造这些财富的劳动者自己所有，幸福属于所有为之奋斗的劳动者、创造者！

你想拿劳动者创造的财富收买我，要我出卖灵魂，简直是笑话！伟大的诗人歌德说过：“就算要出卖灵魂，也要找个付得起价钱的人。”

你们说，给我三千大洋，后来是五千大洋，再后来是一万大洋，还说，每当说出一个共产党员或是共青团员，就给我增加两千大洋，还说，要给我一个大官，要给我一座洋楼，还有什么美女……

“哈哈哈……你们这点儿金钱，还有什么大官、洋楼和美女，算得了什么，就这点好处就要我出卖灵魂，你们也太小看我的灵魂的价值了！”

我告诉你们：“就算要出卖灵魂，也要找个付得起价钱的人！”我看了一下，你们政府中的所有官员，没有人能付得起购买我灵魂的价钱！

你们问，我的灵魂到底价值多少钱？我的回答是：“我是一名共产党员，我是中国劳苦大众的一员，我的灵魂和劳苦大众紧密相连，我需要的财富就是全体人民所需要的财富，我要的是整个中国财富归于中国的劳苦人民！”

这就是我的灵魂的价值！

你们谁能付得起这个钱？

你们，几千几万个大洋，几个美女，什么官儿，什么洋楼，居然就要我出卖灵魂，实在是天大笑话，简直是无稽之谈！

那么几个金钱，那么个让人不齿的官儿，那么一座洋楼，外加什么美女，也许真可以诱惑那些只有物质欲望的人。这种人是没有灵魂的，甚至这种人连狗都不如。狗有忠诚，那种只有物欲的人，谈不上灵魂因而不具有灵魂。所以，这种人在物欲的作用下，谈不上灵魂的出卖，只是一种动物的本能，而且是可耻可悲的动物！

告诉你们，你们的那些说客，通通都是只懂得满足自己物欲的动物。这样的动物之辈企图用蝇头小利就收买我的灵魂，简直是白日做梦，痴心妄想！

叫他们滚一边去！你们企图以我父母来动摇我，告诉你们，想多了，更是想错了！

我的父母，生我养我，就是要我拿起斧头镰刀砸烂可恶的旧世界，铲除腐朽的臭杂草。而且世间万万千千的劳苦大众，他们生养儿女，也是要砸烂旧世界、铲除臭杂草！

你们企图用我父母来动摇我的决心和意志，肯定是想多了，更是想错了。我的父母知道他们的儿子在为劳苦大众谋福利，就是死，也是光荣。我的父母会因此而骄傲、自豪！

我深深感谢党对我的信任，深深感谢党为营救我付出的代价。那天，雷亚纯同志给我送饭，我感觉到饭篮与往日的重量不一样，更感觉到亚纯同志眼神里的暗示。果然，饭篮底部藏匿着微型手雷——这是供我越狱的炸弹。经过几天的思考和谋划，我制定了放风时越狱的计划。

5 月 30 日，我实施了越狱的计划，扔炸弹制造监狱混乱，趁机逃跑。然而非常遗憾，情急之中扔出的炸弹没有拉保险栓，越狱失败。我借机逃跑，但是敌人的枪子却洞穿了我的身体。我被抓住，牢头说：“你就等死吧！”还说：“马上报告上边，明天枪毙！”

明天，明天应该是1933年5月31日。1933年5月31日以后的世界，我就不知道了。

……

疼痛折磨着，我时而清醒，时而糊涂。余泽云背叛了革命，也背叛了我。后来，我和雷亚纯搭档工作，以夫妻结伴的名义同行，去了很多地方。我们同怀革命理想，虽然彼此爱慕，但是却没有口头表达。亚纯假扮夫妻冒着极大的风险送进炸弹，期望我越狱脱离危险。她暗示饭篮有“秘密”的同时，我也看出她眼里无限的期望。那天夜里，我还天真地想，越狱以后，准确地说，革命胜利以后，我和亚纯组成家庭，我们将有自己的儿女。我还想回到家乡南津驿，在南津驿办一所学校，让孩子有书读，有灿烂的未来。现在看来，这样的愿望恐难实现了。但是我不后悔，为革命，为更多的孩子，为世世代代劳动人民的幸福生活而奋斗牺牲，我死而无憾！

……

在我生命尽头的时候，我还是要深深地感谢党，感谢组织。我是一个农民的儿子，家里穷，读不起书，看不惯富人欺负穷人，看不惯各种各样恶势力的横行霸道。在我十分苦闷、十分无奈的时候，是共产党给我指出了一条人生的光明道路。我能成为一个职业革命者，我的人生能有益于社会，全是党的指引。

我被捕了，党组织想尽了营救的办法。我感到很内疚，内疚于不能再为革命做贡献，内疚于生命过早的失去它应有的意义。

虽然我的人生由此而终止，但是我所追求的事业终有一天会灿烂实现，社会主义社会一定会在不久的将来胜利地到来。我希望后起的同志们前赴后继，再接再厉，永远向前！同志们，朝着美好的社会主义，朝着胜利，前进！

前进！

前进！

永远前进！

……

余国祯烈士墓

1930年10月，余国祯积极组织自贡工人大罢工。川南警备司令部在贡井、小溪进行大搜捕，余国祯和蔡涛不幸被捕。

1930年12月，余国祯和蔡涛在狱中立场坚定，坚不吐实，互相鼓励，不为威胁所屈，不为利诱所惑，不为私情所动，使敌人毫无所获。在地下党组织的多方营救下，自贡地方法院最后以“不予起诉”结案，宣布余国祯、蔡涛取保释放。从被捕至获释，共历时两个多月。

1931年1月初，二十四岁余国祯奉命以共青团特派员的名义，参加下川东特委的领导工作，负责整理和发展川东共青团组织。余国祯同下川东特委书记苏爱吾及其爱人黄梦谷(特委秘书)和小交通员王牛儿共四人，租房住在特委所设的“机关”里。

1931年2月28日，苏爱吾出去开会，过了约定时间还未回来，余国祯预感情况不妙，连夜带领黄梦谷和小交通员撤离住所，后潜入码头，乘木船去各县报警，准备整顿组织，交代任务。途中遭遇土匪，土匪将黄梦谷拖到距江边不远的匪窝龙王庙内，妄图加以侮辱。余国祯不顾生命危险，只身进入戒备森严的匪窝，用自己的勇气和智慧救出了黄梦谷，使她免遭残害。余国祯安排好小交通员，然后护送黄梦谷到重庆向省委报告。

1931年6月，余国祯奉四川省委派遣，化名杨建寒，别名刘知已，打入刘湘第二十一军军部特务委员会，从内部掌握敌情，保护同志，减少党组织的损失。

1931年6月，川东特委书记文强(原为省委军委书记，同余国祯早已熟识)不幸被捕，关押在第二十一军特务委员会。在一个大风大雨之夜，余国祯同薛彦夫等三人冒着生命危险，剪断刘湘特务委员会机关的铁丝网，营救文强成功越狱，安全逃离虎穴。由于余国祯身份已经暴露，经过组织同意，当即脱离特委会，连夜赶往成都。

1931年7月，余国祯经朋友推荐在成都快报社工作，担任副刊编辑。余国祯常在《成都快报》副刊发表短文，他文笔犀利，针砭时弊，对社会各界震动很大，深受读者欢迎。

1931年九一八事变后至1933年春，余国祯任共青团四川省委书记。他积极领导恢复、整理和发展四川共青团组织，动员共青团员和革命青年劳工从事工人运动，或去国民党军阀部队当兵，秘密传播革命道理，反对军阀进攻红军，开展革命的士兵运动，做出了重要贡献。

1932年10月，二十五岁因余国祯的文章违反了当局旨意受到刁难。为了隐蔽自己，并经组织同意，余国祯离开成都快报社。

1933年年初，二十六岁设在上海的团中央机关遭到破坏，成都敌特机关得知团省委的联络机关在都鹤楼养肺医院，立即派特务追踪缉拿团省委领导人。3月初，派往川北巡视、部署工作返回成都的余国祯，错过了与交通人员联系的机会，仍去已遭破坏的团省委联络机关都鹤楼医院处理善后事宜。3月4日，他和养肺医院老板等六人被成都军警团联合办事处逮捕，医院亦被查封。

1933年3月至5月，余国祯被捕后关押在成都宁夏街监狱。敌人用尽各种酷刑，他坚不吐实，使军警团联合办事处刑侦队大失所望，遂将他转囚于成都县监狱。当时，四川省委曾多方营救，但却无结果。

1933年5月16日，监狱刑讯人员请来国民党省党部负责人宋绍曾、陈紫舆等劝说余国祯，同余辩论。余国祯正气凛然，义正词严，直驳得宋绍曾、陈紫舆无言答对，狼狈不堪。

1933年5月30日，余国祯越狱失败，又被抓回监禁。

1933年8月18日，余国祯被敌人枪杀于成都监狱，时年二十六岁。

1956年12月10日，中华人民共和国中央人民政府批准余国祯为烈士。

革命犧牲工作人員家屬光榮紀念證

字第一七〇一號

查余國禎同志在革命鬥爭中光榮犧牲，豐功偉績永垂不朽，其家屬當受社會上之尊崇。除依中央人民政府「革命工作人員傷亡褒恤暫行條例」發給其家屬恤金外，並發給此證以資紀念。

主席 毛澤東

一九五六年 月 十 日

毛泽东主席签署的革命牺牲工作人员家属光荣纪念证

附录二　洪沛然简介

洪沛然，又名洪仿宇，1904年7月生，四川省资阳市南津驿人。父亲开手工染坊，小学补习时与余国祯认识，成为好友。1919年考取资中华美中学，1925年去成都法政专门学校图书馆，一边工作一边学习。这期间组织一些进步青年（包括CY即共青团员）成立了一个（国民党左派）叫“三民主义学会”的青年团体，宣传新三民主义。先后介绍同乡余国祯、曹荻秋参加共青团（曹荻秋1949年11月起，先后任中共重庆市委第三、第二、第一书记，中共四川省委第三书记，重庆市副市长、市长。1955年11月调上海，先后任中共上海市委副书记、市委书记处书记，上海市常务副市长、市长）。

1926年11月，洪沛然考入武汉中央军事政治学校。1929年8月，中共成华县委成立，洪沛然为县委领导成员之一，并负责宣传科工作。

1928年初，四川军阀刘文辉任命张志和担任二十四军暂编第一师副师长兼第二混成旅旅长。四川省委派洪沛然到张志和部秘密做兵运工作，在该旅建立“中共军特支”，并发展张志和加入中国共产党（1937 年 9 月，张志和赴延安接受毛泽东派遣回川军工作，1949 年，在周恩来领导下为策动刘文辉起义做出重大贡献）。

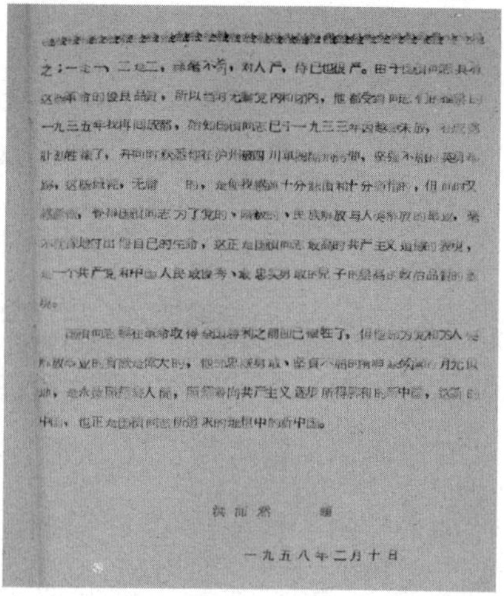
洪沛然

一九五八年二月十日

1933 年，陈离（四川安岳人，国民革命军中将军衔。川军邓锡侯的部下。1915 年毕业于四川陆军军官学堂。1937 年任一二七师师长，率部出川抗日。1943 年 9 月任四川防空副司令，1944 年任成都市市长。1949 年 1 月回到川西农村，做川军策反工作。中华人民共和国成立后加入民革，任民革中央委员、人大代表、湖北省副省长、中央农林部副部长等职）与川军将领兴办私立学校——成都协进中学，陈离任董事长，董事有张志和等进步人士。聘请洪沛然、黄觉明、张秀熟、曾学圃、黄梦谷、沙汀、苏幼农等二十多名地下党员先后到协进中学任课任教，利用任课任职为掩护，进行党的秘密工作和抗日救亡活动。军事教官吴景伯采取无耻的造谣手段，排挤打击洪沛然、任时先等人，1936 年下半年，洪沛然被解聘。

1939年1月13日，中央书记处批准南方局正式成立，并确定了组织人选。中共中央南方局是抗战到抗战胜利后初期，代表中共中央在国（国民党）统区以及敌后日占区（沦陷区）的组织领导进行革命斗争。领导机构地点设在重庆。

南方局的组织人选：

南方局成立时，中央批准以周恩来、博古（秦邦宪）、凯丰、吴克坚、叶剑英、董必武六人为常委。其中，周恩来为书记。南方局下设组织部、宣传部、统战工作委员会、军事组、妇女组、青年组、文化宣传工作委员会（下设书店、宣传、新闻各组）、国际问题研究室、南洋工作处和秘书处。

另还有外事组、经济组（组长许涤新；副组长洪沛然，之后担任经济组主要负责人）。周恩来明确指示经济组的主要任务是："宣传党的财经政策，开展经济界的统一战线工作和调查研究工作。"中共中央南方局经济组负责人起初是钱之光、许涤新，后来是洪沛然，组织也逐步扩大。周恩来、董必武、王若飞、徐冰，和以后的吴玉章、张友渔都亲自做工商界的统战工作。有文章写道，当年民建发起人之一、"中国中小工厂联合会"理事长徐崇林经常到南方局受到周恩来的殷切关怀，徐崇林还先后与博古、吴玉章、许涤新、张友渔、彭友今、洪沛然等同志多次叙谈，增加认识，提高觉悟，积极参加进步的社会活动。可见洪沛然当时在南方局经济组起着重要作用。

1939年冬到1941年上半年，四川民盟负责人张志和（地下共产党员，洪沛然是其入党介绍人）先派出谢伯周去乐山，担任新十七师刘树成的参谋处长，又介绍洪沛然担任刘的秘书，中共即安排洪沛然在军队秘密做兵运工作。

1945年底，民建重庆地方组织创办《自由导报》，该报在中国共产党的直接领导与关怀下，为民主建国会及民建重庆分会发挥了传媒战斗有力的政治喉舌作用。1946年春，时任南方局经济组副组长的洪沛然担任《自由导报》报社领导工作。

1946年底，中共四川省委和《新华日报》联合邀请重庆各民主党派的一些知名人士为时任中共四川省委书记吴玉章祝寿，寿宴由洪沛然主持，席间不少中共的同志与各民主党派的同志接触交流。

1946年4月19日—1947年2月28日，由于时局恶化，中共四川省委机关报《新华日报》留重庆的尚有一百多人。《新华日报》重庆分馆的人员，基本上是以熊复为核心的四川籍同志，其中有：漆鲁鱼、吴江、郑心如、洪沛然等。

1947年3月，因为工作的需要，洪沛然离开重庆前往延安。

1948年5月，中共中央到达西柏坡后，发出加强纪律性的指示。毛泽东于1948年6月向各中央局、分局、区党委和各前委发出了关于加强报纸通讯社领导的指示。根据毛泽东的指示，新华社迅速决定抽调一些业务骨干组成班子，不久，党中央即决定集训新华社的主要干部，以迎接即将到来的全国解放的新局面。中央书记处分工主持集训工作的是刘少奇(毛泽东和周恩来也经常指导)，胡乔木负责日常具体工作。从1948年5月起到1949年3月，陆陆续续从新华社总社及各地分社抽调到西柏坡新华社总编室的人员有范长江、吴冷西、朱穆之、洪沛然等三十余人。

新华社是党的耳目喉舌，西柏坡新华社总编室，一方面担负对各地来稿的审稿和编写新闻、评论的任务；另一方面即在进城之前对新华社的主要编辑人员集中进行政治和业务训练，为新中国培养新闻领导人才。1949年3月，新华社总编室随同中共中央离开西柏坡迁往北平，揭开了新华通讯社历史上崭新的一页。

中华人民共和国成立后，经新中国纺织工业奠基人钱之光亲自点将，洪沛然调上海纺织工业行业工作，任华东纺织管理局副局长。之后调纺织工业部任司长、纺织工业部顾问。1991年3月14日在北京逝世，享年八十七岁。

附录三　程子健简介

程子健1902年生，四川荥经县人。原名程秉渊，字心浦。曾用名程心甫、陈小山、陈文卿、秋霞、陈子健等。

十二岁高小毕业后当店员。1919年秋离开家乡在成都吴玉章倡导开办的留法勤工俭学预备学校第二期学习，在学习期间与进步同学组成“劳人团”。1920年11月下旬赴法勤工俭学。1921年1月上旬抵达法国马赛，在工厂做工。1923年4月进入巴黎电影专门学校，学习放映和摄制电影，同年加入中国社会主义青年团。1924年7月回国，被派往社会主义青年团重庆地委职工运动委员会工作。1925年转为中国共产党党员。同年秋任中共重庆地委职工运动委员会书记，积极深入开展工人运动。先后领导印刷工人罢工和反对军警镇压“五一”集会游行的罢工斗争，1926年11月被选为重庆总工会副委员长。1927年重庆“三三一”惨案后，转移至成都，负责中共川西特委组织工作。大革命失败后在川西坚持秘密的地下斗争，恢复发展党的组织，参与组织各项群众活动。1930年夏，同罗世文等成立中共四川临时省委，程子健任书记。不久成立中共四川省行动委员会，程子健任书记（主席）。1933 年初赴上海向中央局汇报，留在中央军委工作。3 月被国民党特务逮捕，被判无期徒刑关押于苏州军人监狱，在狱中坚持斗争，组织难友学习革命理论。抗日战争爆发后被释放出狱，入中共中央长江局干部训练班学习。1938 年 5 月至 11 月，程子健任中共四川省工委常务委员，同年秋至 11 月任中共四川省工委组织部部长、宣传部长。1940 年 3 月国民党当局在成都制造“抢米”事件迫害共产党人，程子健任川康特委代理书记，重新组织特委机关，在困难环境中坚持斗争。1940 年 4 月—1941 年 2 月任中共川康特委统战部部长。参与领导恢复发展四川各地党的组织，开展抗日救亡群众运动，组织成都工人进行多次罢工斗争。1941 年夏被调到延安，在中共中央党务研究室工作。1945 年 4 月—6 月出席中国共产党第七次全国代表大会。

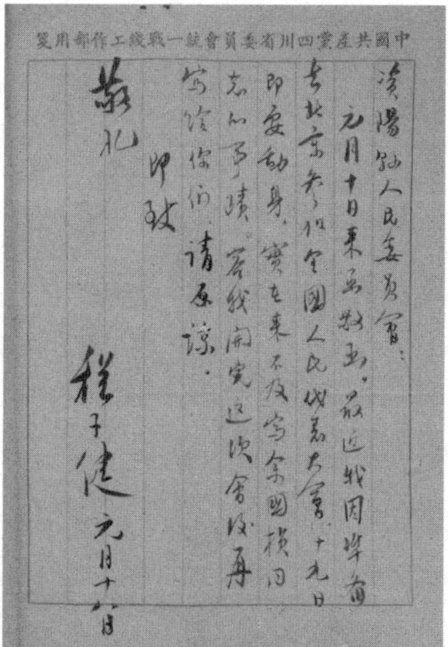
中國共產黨四川省委員會統一戰線工作部用箋

資陽縣人民委員會：

九月十日來函敬悉，最近我因準備去北京參加全國人民代表大會，十九日即要動身，實在來不及寫余國楨同志的事蹟，等我開完這次會後再寫給你們，請原諒。

此致

敬禮

程子健

九月十六日

抗日战争胜利后，1946 年 4 月程子健任中共四川省委员会委员、民运部部长，9月撤回延安。1947年调到东北从事工业恢复建设，分配到哈尔滨东北工业部鹤岗矿务局任副局长兼党委副书记。西南重镇重庆解放前夕到重庆，组织和参与重庆渣滓洞、白公馆遇难革命烈士遗骸清理和掩埋工作。1949年底调任中共中央西南局统战部副部长，主持统战部日常工作，积极团结西南各界爱国民主力量。1954年任中共四川省委统战部部长，兼任四川省志编委会副主任，关心峨眉山等文物古迹的修复和保存，重视地方史料的收集整理。1973年因病在成都逝世，享年七十一岁。程子健曾任四川省第一至第三届政协副主席，也是中共七大代表、第一至第四届全国人大代表。

附录四　黄梦谷简介

黄梦谷，江西玉山人。1922 年进杭州女中读书，次年因带头反对学校当局的不合理措施被开除学籍，后转绍兴女师就读。1924 年加入中国共产主义青年团，其间，担任学校团支部书记。1925 年作为女师代表到杭州参加孙中山追悼大会，同年“五卅”运动后，以绍兴学联代表身份去上海慰问同英帝国主义进行斗争的上海学生。后被派往上海浦东纱厂做女工工作，并加入中国共产党。1926 年，任中共江浙区委团的部委书记，1928 年与苏幼农结婚。

1928 年 12 月，黄梦谷受聘在共产党员雷晓晖任校长的广汉县女中任训育主任，随后其丈夫苏幼农担任万县下川东特委书记，黄梦谷调任特委机关秘书。1931 年受苏幼农“假投降”影响，四处奔波，先去松潘，在途中遭遇叠溪海子地震，道路不通，到茂县后又折回成都，但成都环境日益恶劣，白色恐怖严重，不得已去西康。1934 年与丈夫苏幼农到泸沽廖友陶家隐蔽，经廖友陶引见，与当地地下共产党人陈野苹、廖志高见面认识。1935 年，中央红军总政治部到冕宁，鉴于冕宁地方党组织情况及群众基础，决定在冕宁成立党政军组织。5 月 23 日，黄梦谷夫妇参与了红军入川以后第一个革命政权——冕宁县革命委员会成立大会。

1937 年进成都私立协进中学教书，并参加筹办四川省妇女抗敌救援会工作，任联络组组长。1940 年，黄梦谷被国民党特务追捕，情急之下便逃到成都市政府秘书长、进步人士范英士家中，求范英士想法立即通知已在危急中的中共重庆地委学运书记杨伯凯赶快逃离，使杨伯凯安然脱离危险幸免于难。黄梦谷出外通知其他同志转移时不幸被捕。

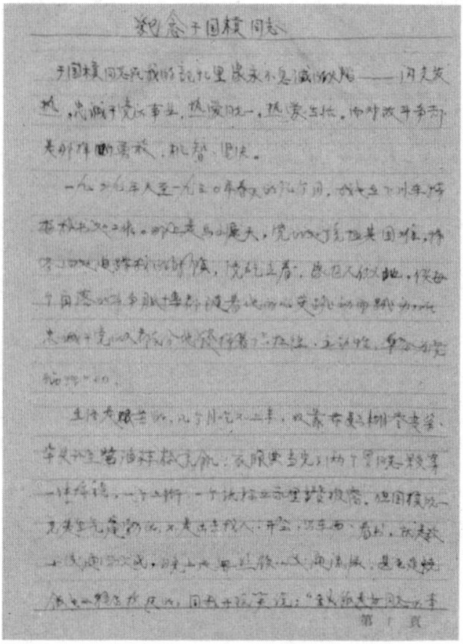
纪念于国桢同志

1943 年，经丈夫苏幼农的同乡、地下共产党员张晓飞辗转营救出狱，曾在新生活运动促进会工作，后任成都市女中（今成都 6 中）训育主任。

1945 年“八一五”后，在中共成都地下党组织的领导下，黄梦谷与黄性贤、杜贵文等人酝酿成立成都妇女联谊会，并积极发展会员，一些进步的读书会、学习会等组织的成员纷纷加入了联谊会，会员很快发展到一百多人。她们主要是中小学女教师和川大、华大的女学生以及银行、邮电女职工。联谊会在筹备期间，组织会员们广泛地发动妇女参加反内战、争民主的斗争活动。1946 年初与成都各进步团体发起举行抗议国民党反动派在重庆破坏政协会议、制造较场口事件的示威游行。经过一段时间的积极筹备，1946 年“三八”节正式成立成都妇女联谊会。经过讨论推出黄梦谷、葛雅波、黄性贤等组成筹委会。1948 年，国民党反动派在成都制造“四九”事件，在成都市女子中学任教的黄梦谷被特务软禁并加以监视，经范英士设法救出。黄梦谷脱离虎口后，辗转到了上海。

中华人民共和国成立后，任全国妇联干部学校教导主任，后调西安工作。

附录五　苏幼农简介

苏幼农（1903—1982.12.6）又名苏爱吾，化名项鼎。四川省邻水县人，大学文化程度。早年参加革命，中国共产党党员。新中国人民邮政、邮票事业的创建和发展的先驱。中华人民共和国成立后，任邮电部第一任邮政总局局长，是中华人民共和国参加万国邮政联盟会议的第一位代表。

1924年夏，张晓飞等人在组织的指示下，发动了反对右派校长石瑛的学潮。由于右派势力猖獗，学潮失败了，张晓飞在高师已不能立足，遵组织安排，于1925年初转入上海大学社会科学系。上海大学崭新的教学内容，强盛的师资，浓厚的革命氛围，火热的学习生活，使他倍感兴奋。在他的鼓励下，同乡好友苏爱吾等人也千里迢迢投考上大，后来又由张晓飞介绍加入了共青团。

苏幼农1925年在上海大学加入中国共产党，组织工人纠察队参加了上海工人三次武装起义。1925年11月，任中共江浙区委杨树浦部委书记。1927年12月4日，中共南京市委在浦镇附近的小山上召开第一次代表大会，苏幼农为军事委员，在江苏省军委做保卫工作。被中央调到四川后，继续从事工人运动。省委书记刘愿庵等牺牲后，他参加组建了临时省委，任主管工运的常委。

1928年初，四川军阀刘文辉任命张志和担任二十四军暂编第一师副师长兼第二混成旅长，师长由刘自兼。第二混成旅由重庆移防江津，四川省委派洪沛然到张志和部秘密做兵运工作，在该旅建立“中共军特支”，并发展张志和加入中国共产党。中共川东特委军委书记李鸣珂直接与张志和联系，拟在张部发动兵变。张志和态度鲜明地反对在条件不成熟的情况下发动武装起义。省委研究张志和的意见后，却对他产生了怀疑，决定趁张志和奉刘文辉之召回成都开会之机，在江津突然举行武装起义，起义成功后即组成中国工农红军四川第一路军。苏幼农在任川东特委书记时领导过张志和，1930年8月28日，省委负责人罗世文在重庆通远门外嘉尔登茶社秘密召见苏幼农和于渊，向他俩交代

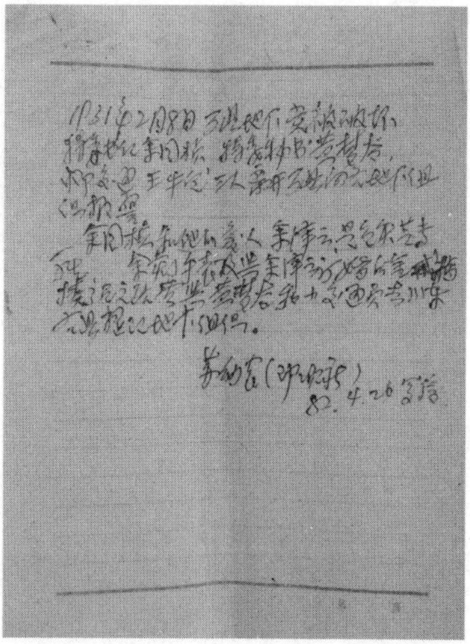

任务，即往江津与驻军军支书记李克俊接洽，尽快组织士兵起义。苏、于二人一路疾行，赶到江津，召集地下县委龚秉仁、曹泽芝等召开联席会议。会上出现了严重的分歧，县委书记龚秉仁认为起义时机不成熟，与苏幼农争执起来，苏幼农反复说服也不奏效，终于失去耐心，搬出组织名义来压服龚，措辞尖锐地谴责反对起义的同志是“临阵脱逃，革命意志不坚定”，并断然表示，起义计划决不能更改，省委的指示必须坚决完成。会后，苏幼农和于渊立即着手准备起义成功后所需的各种文件和马上要张贴出去的布告。不料，军支的同志在组织发动士兵的过程中，起义计划不慎泄露，迫使起义于1930年9月5日提前举行。因敌人采取了防范措施，起义失败，一百多名起义士兵被逮捕，四十八人被枪杀。

1930年底，为给经济窘困的省委筹款和加强与驻武汉的中共中央长江局的联系，省委派苏幼农到万县建立下川东特委。因环境恶劣，生活异常艰苦，下川东特委交通站长吴季侠暗中自首叛变，向军阀当局告密后，将苏幼农诱捕。叛徒急欲利用苏幼农的身份进一步破坏下川东以至全川中共组织，对苏幼农劝降。苏幼农在实行“假投降”计划中伺机逃脱回到省委时，中共四川省委已通知全川地下组织宣布开除了他的党籍，并上报中共中央。此后，他只能在坚信他没有叛变的几位地下党同志资助下，四处奔走。直到红军长征后，苏幼农和妻子黄梦谷几经周转来到成都，在成都市树德协进中学(原名成都私立协进中学）以教书为业勉强度日。十余年吃尽局外人难以想象的苦头，仍矢志不渝地追随共产党，自觉为党的事业做力所能及的工作。

1945年，苏幼农经多方努力，到晋冀鲁豫边区，任边区政府建议厅秘书主任。1946年任边区邮政总局局长。1948年5月，晋冀鲁边区与晋察冀边区连成一片，合并成立华北解放区，8月成立华北邮政总局，10月地方电信与邮政合并统一管理，12月改称华北邮电总局。1949年6月，电信划归军委电信总局，又恢复华北邮政总局名称。在这几次体制变动中，苏幼农一直是总局局长。他是1949年国共南北通邮谈判的中共方面首席代表。苏幼农在解放区邮政工作中创议人民邮政实行企业化，组织开展邮政高速度运动，建立与统一军邮制度，取得显著成绩，有力地配合了人民解放战争，受到董必武同志和晋冀鲁豫野战军政治部的肯定与通令嘉奖。

1948年12月，苏幼农主持的华北邮电总局计划创办《华北邮电》报，呈请毛泽东主席题写了“人民邮电”。

在邮电部邮政总局成立之前，苏幼农主持的华北邮政总局奉上级指示，筹备设计、印制了中华人民共和国最初三套邮票，揭开了中国邮票发行史的新篇章。

在邮电部领导下，苏幼农具体筹备、主持了第一次全国邮政会议，确定了邮政工作方针，确定了全国邮政制度与邮政资费，规定了邮票由邮电部统一发行。

苏幼农具体筹划、实施了中华人民共和国成立初期邮票的选题、设计、印制及发行工作，组建了邮票设计、雕刻专业队伍，并提议筹建了专门邮票印刷厂——北京邮票厂。

苏幼农是中华人民共和国建国初期邮票事业和集邮业务的领导人之一，对发展邮票事业、搞好邮票设计与印制、开展集邮业务等方面做出了积极贡献。

后记

2021年，为纪念中国共产党成立一百年，四川省档案系统采用视频形式宣传一百名有特殊贡献的先烈，资阳市雁江区余国祯烈士入选。本书作者有幸参与并采访了余国祯烈士的妹妹余坤杰老人。现年九十三岁的余坤杰老人声泪俱下，讲述了她大哥参加革命、为中国人民翻身求解放英勇牺牲的事迹。老人希望在她有生之年能看到有一本书，记录她哥哥的事迹，传承英雄精神，她就死而瞑目了。为了老人的愿望，也是为了“不忘初心、牢记使命”，以英烈事迹鼓舞后人，著者依据有限的档案资料，再加多方调查采访，抓紧时间赶写了这本《余国祯烈士传》，期望余坤杰老人在生之年看到该书面世。

该书的及时出版，应感谢北岳文艺出版社和辛金涛先生及李薇女士，是他们及时审稿，及时编辑。

还应感谢给予本书大力支持的宏基混凝土有限公司董事长朱元辉先生、崴立混凝土有限公司总经理张胜洲先生、瑞升混凝土有限公司总经理陈锐先生、资阳市佳家房地产建设工程开发有限公司总经理戴均强先生、四川两节山酒业有限公司总经理刘小兵先生、宏力达房地产开发公司总经理朱成超先生、资阳市金壤建材有限公司总经理龚能文先生。

同时还要感谢好友苏清鹏、翟继勇、秦文波、孙明俊、徐淳铣、刘敏先生，是他们多年来的关心、关注和关爱激励着我不断前行。

感谢你们！

杜先福

2022年元月于北京